週刊《しゅうかん》少年《しょうねん》チャンピオン掲載《けいさい》
SHŌNEN CHAMPION NOVELS
小説《しょうせつ》
ゆうえんち
バキ外伝《がいでん》
原案《げんあん》 板《いた》垣《がき》恵《けい》介《すけ》
5
小説《しょうせつ》 夢《ゆめ》枕《まくら》獏《ばく》
挿絵《さしえ》 藤《ふじ》田《た》勇《ゆ》利《り》亜《あ》
YUUENCHI-BAKIGAIDEN-
KEISUKE ITAGAKI × BAKU YUMEMAKURA × YURIA FUJITA

# 目《もく》次《じ》


巻《まき》の十六《じゅうろく》　死《し》闘《とう》無《む》限《げん》（承前《しょうぜん》）　7

終《つい》の巻《まき》　蘭陵王《らんりょうおう》異聞《いぶん》　113

あとがき　283

## 葛城無門《かつらぎむもん》

誰《だれ》よりも強《つよ》くなりたいと願《ねが》う美少年《びしょうねん》。師《し》である松本太山《まつもとたいざん》の仇《かたき》である柳龍《やなぎりゅう》光《こう》を追《お》い〝ゆうえんち〟に入園《にゅうえん》。『刃牙《バキ》』シリーズ〝空手界《からてかい》の最終兵器《リーサルウェポン》〟愚地克巳《おろちかつみ》の4歳上《さいうえ》の兄《あに》。9歳《さい》で突然《とつぜん》姿《すがた》を消《け》すまで幼少期《ようしょうき》を過《す》ごした『ミズノサーカス」の団長曰《だんちょういわ》く、その運動能力《うんどうのうりょく》は克巳《かつみ》をはるかに凌《しの》ぐという。

## 松本太山《まつもとたいざん》

「ラーメンこずえ」の店主《てんしゅ》。分厚《ぶあつ》い筋肉《きんにく》と怪力《かいりき》を誇《ほこ》る。両腕《りょううで》で蕾《つぼみ》の桜《さくら》の幹《みき》に抱《だ》きつき、力《ちから》を込《こ》めることで満開《まんかい》に咲《さ》かせることができる。娘《むすめ》の梢《こずえ》の手術代《しゅじゅつだい》を稼《かせ》ぐために〝ゆうえんち〟に行《い》き負傷《ふしょう》、死亡《しぼう》した。娘《むすめ》の梢《こずえ》は、『刃牙《バキ》』シリーズに登場《とうじょう》する、刃牙《バキ》の恋人《こいびと》。

## 愚地独歩《おろちどっぽ》

『刃牙《バキ》』シリーズに登場《とうじょう》する空手家《からてか》。神心会総帥《しんしんかいそうすい》。〝虎殺《とらごろ》し〟〝人喰《ひとく》い愚地《おろち》〟〝武神《ぶしん》〟などの異名《いみょう》を持《も》つ。無門《むもん》の弟《おとうと》・克巳《かつみ》の養父《ようふ》。

# Character

## YUUENCHI -BAKIGAIDEN-

KEISUKE ITAGAKI×BAKU YUMEMAKURA×YURIA FUJITA

## 柳《やなぎ》龍《りゅう》光《こう》

“ゆうえんち”で松本太山《まつもとたいざん》と闘《たたか》い致命傷《ちめいしょう》を負《お》わせた男《おとこ》。“猛毒《もうどく》柳《やなぎ》”の異名《いみょう》を持《も》ち、空道《くうどう》と呼《よ》ばれる殺法《さっぽう》の達人《たつじん》。手《て》に真空状態《しんくうじょうたい》を作《つく》る“空掌《くうしょう》”や“毒《どく》手《しゅ》”、“鞭打《べんだ》”などの多彩《たさい》な技《わざ》を持《も》つ。『刃牙《バキ》』シリーズに登場《とうじょう》する最凶死《さいきょうし》刑囚《けいしゅう》の1人《り》。

## 久《く》我《が》重《じゅう》明《めい》

全身黒《ぜんしんくろ》ずくめの男《おとこ》。萩尾流古武術《はぎおりゅうこぶじゅつ》の使《つか》い手《て》。“暗器《あんき》の重明《じゅうめい》”の異名《いみょう》を持《も》つ。太山《たいざん》の唯一《ゆいいつ》の弟子《でし》である無門《むもん》に興味《きょうみ》を持《も》ち“ゆうえんち”について教《おし》えた人物《じんぶつ》。『獅子《しし》の門《もん》』(夢枕獏著《ゆめまくらばくちょ》)の登場《とうじょう》キャラクター。

## 蛟《みずち》黄《こ》金《がね》丸《まる》

蘭陵王《らんりょうおう》の息子《むすこ》にして達《たつ》人《じん》。無門《むもん》に“ゆうえんち”入園《にゅうえん》を許可《きょか》した人物《じんぶつ》。

## 黄《ホアン》海《かい》王《おう》

“ゆうえんち”の見張《みは》り役《やく》。

## 蘭《らん》陵《りょう》王《おう》

“ゆうえんち”の主催者《しゅさいしゃ》。だが、何者《なにもの》なのかは誰《だれ》も知《し》らない。

## 前《ぜん》巻《かん》までのあらすじ

少年《しょうねん》・葛城無門《かつらぎむもん》は、強《つよ》くなるために松本太山《まつもとたいざん》に弟子入《でしい》り。5年後《ねんご》、本気《ほんき》の闘《たたか》い〝卒業式《そつぎょうしき》〟の日《ひ》、太山《たいざん》は〝ゆうえんち〟に行《い》ったまま現《あらわ》れず、ようやく姿《すがた》を見《み》せた太山《たいざん》は致命傷《ちめいしょう》を負《お》っていた。そして、卒業式《そつぎょうしき》の後《あと》、死《し》に絶《た》えた…。

〝ゆうえんち〟について調《しら》べ始《はじ》めた無門《むもん》は、太山《たいざん》に致命傷《ちめいしょう》を負《お》わせたのが柳龍光《やなぎりゅうこう》という男《おとこ》だと突《つ》き止《と》め、柳《やなぎ》を追《お》い〝ゆうえんち〟に入園《にゅうえん》した。無門《むもん》は、ゴブリン春日《かすが》、羽鳥薫《はどりかおる》、そして義理《ぎり》の叔父《おじ》である神奈村狂太《かなむらきょうた》と強敵《きょうてき》を次々《つぎつぎ》と倒《たお》し、ついに柳《やなぎ》に辿《たど》り着《つ》く!! ところが、無門《むもん》は柳《やなぎ》に精神的《せいしんてき》に呑《の》まれていく… ピンチの無門《むもん》…だが、愚地独歩《おろちどっぽ》の登場《とうじょう》で立《た》ち直《なお》りを見《み》せ…!?

巻《まき》の十《じゅう》六《ろく》
死《し》闘《とう》無《む》限《げん》（承《しょう》前《ぜん》）

# 巻の十六　3（承前）

「おやおや、そんなことまで知ってるんだねえ。なんて、おいしそうな坊やなんだろうね――」

柳龍光《やなぎりゅうこう》が、赤い舌で、舌なめずりする。

なるほど、柳龍光は、この構えの意味を理解しているらしい。

すでに、無門《むもん》は、両手を持ち上げて構えている。

左手がやや上、右手がやや下だ。

「でも、その構えには、ひとつ、欠点があるんだよ」

柳龍光が、一歩、退がる。

「それは、こっちから何かを仕掛けないと、そっちは何もできないってことだよ。まさか、キミ、このわたしを呼び出しておいて、ずっとそのままの格好で朝までいようなんて、思っちゃいないよね」

「逃げるつもりなんだ、柳さん……」

「いいや、まだ決めてない。今は、キミのその技の理解

度について、考えているところさ」

　言い終えて、柳龍光は、にいっ、と白い牙を唇から覗かせた。

「わかったよ。キミは、初心者だ。覚えたてだね、その構え――」

「わかるの？」

「わかるさ。その構え、両手の肘《ひじ》が少し下がりすぎてる。立ち技の癖《くせ》が、ちょっと残ってる。まだ、覚えたばっかり――」

「そうだよ」

　無門はうなずく。

「正直だねえ、キミは――」

「覚えると、すぐに使いたくなるんだ」

　一度見れば、その技を真似できる。

　それが、自分という人間の特殊性だと無門はわかっている。

　だが、この構えが、どこまで柳龍光に通用するか、それはわかっていない。

ただ、時間を稼ぐことはできる。

　この構えの意味は、ひとつにはそこにある。

　そして、落ち着いて柳龍光と対峙することによって、見えてきたことがあった。

　それは、柳龍光が着ているTシャツだ。

　そのTシャツの前の部分が、胸から腹にかけて、破れていることであった。

　何故、それに今まで気づかなかったのか。理由はふたつある。それは、暗かったからだ。夜の暗さにまぎれて気づかなかったこととは別に、その破れ目に、修復のあとがあったのである。

　細い、目立たぬような糸で、Tシャツの前側の裂け目を縫ってあるのである。

　自分で裂いたのではあるまい。

　おそらく、神野《かんの》仁《じん》にやられたのだ。

　神野仁は、何のために、Tシャツの前を裂いたのか。

　想像できることはひとつだ。

　あれだ。

自分が、マスター国松《くにまつ》に仕掛けられた技——足で空掌《くうしょう》をやるあの技だ。

空足《くうそく》。

おそらく、神野仁が、あれを仕掛けるために、闘いの最中に裂いたのだ。

しかし、今、ここに柳龍光が立っているということは——

あの技が効《き》かなかったということだ。

おそるべし、柳龍光！

そして、勝負の後、柳龍光は、裂けたTシャツを修繕したのだ。

針で？

違う。

縫ったというよりは、布地を重ねて、二枚になった部分をつまんで縛ったのだ。

細かい作業だが、それを、柳龍光はやってのけたことになる。

ということは、つまり——

ここまで思考するのに、二秒はかかっていない。

無門が、思考をそこで中断したのは、柳龍光が、動いたからだった。

なんと、柳龍光は、ズボンのベルトに手をかけ、それをはずしはじめたのである。

「わたしは、逃げないよ……」

ベルトをはずしながら、柳龍光は言った。

「今、攻めてきてもいいよ。でも、ちょっと距離があるねえ……」

もともと、柳龍光は、間合の外にいた。

しかも、そこから、さらに一歩退《さ》がっている。

これから立ちあがって、仕掛けるには、いくら柳龍光がベルトをはずしている最中でも、距離がありすぎた。

柳龍光が、ベルトをはずし終える。

以前、柳龍光が松本太山《まつもとたいざん》と闘った時には、ベルトの縁を、刃物のように石で研いで、それを剣のように使ったのではなかったか。

ならば、今回も同様のことをしてくるのか。

そうではなかった。

柳龍光は、はずしたベルトを輪にして、また、バックルの針を穴に通したのである。

柳龍光の右手に、輪にしたベルトが握られた。

ものを武器とすることには、異常なまでの発想力が、柳にはある。

「武器はね、どんなものでも、どんな時でも、その発想しだいで、まったく新しいものになる。わたしは、芸術家だからね、同じ発想のことはしないんだよ。優秀な芸人が、同じ小屋では、同じネタをやらないようにね——」

柳龍光が、一歩、前に出てきた。

さっきと同じ距離になる。

しかし、まだ、わずかに間合の外だ。

「わたしから、攻めよう。まずは、キミの、その手の自由から奪うことにしようか——」

柳龍光が、右手に、ベルトの輪を握って言う。

嘘だ。

無門はそう思う。

柳龍光が、手をねらうと言って、本当に手をねらってくるだろうか。

別のところをねらってくるに決まっている。

しかし、そう思わせておいて、本当に手をねらってくるということも、充分にある。

妖怪が囁《ささや》きかけてくる言葉に惑わされてはいけない。

そう思うが、しかし、考えてしまう。

心に棘《とげ》のように、柳龍光の言葉が刺さってしまった。

いけない。


これまで何度も体験したことではないか。

言葉の魔術にかかってはいけない。

松本太山と闘ったおりにも、柳龍光は、太山の娘の名を出して、魔術を仕掛けてきている。

気をつけろ。

しかし、どう気をつければいいのか。

「じゃあ、右手だね」

柳龍光が、優しい声で言った。

柳龍光の手から、ベルトの輪が放たれた。

右手⁉

嘘だった。

ベルトの輪は、無門の左手に向かって飛んできたのである。

輪投げの輪が、左手をその輪の中に包もうとするように――

どうする。

はらうか⁉

よけるか⁉

いずれにしても、手ではらえば、そのために使った方の手のガードが甘くなる。

輪を投げ終えて、一瞬の間を置いて、柳龍光が前に出てきている。

ガードが空いた方へ、柳龍光の蹴りが飛んでくる——

そういうタイミングだった。

左手‼

左手で、輪をはらう。

かたちとしては、裏拳だ。

手の甲《こう》で、ベルトの輪をはじく。

その動きを発動したその瞬間、輪が、空中で、向きを変えたのだ。

絶妙のタイミングだ。

右手、と言っておいて左手をねらい、そう思わせておいて、輪が空中で別の動きをしたのである。

そんなことが、起こるのか⁉

それが、起こったのだ。

輪は、空中で向きを変え、無門の頭部に向かって落ちてきたのである。

いったん、宙に浮いた物体が、その向きを変えるのか⁉

こんなにも急に。

それが、変えたのだ。

物理の法則の外の動きだった。

そして、輪は、無門の首にかかったのだ。

が、浅い。

後頭部に、輪がひっかかる。

しかし、ひっかかったその瞬間、強い力で輪が引かれていた。

無門は、バランスを崩した。

その瞬間に、無門は理解していた。

紐《ひも》だ。

細い紐が、輪になったベルトに結ばれていて、その一方の端《はし》が、柳龍光の手に握られていたのだ。

細い、丈夫な糸のような紐。

踏んばってはいけない。

引かれた瞬間、無門は、その力にさからわず、前に身

体を倒していた。

ぞくぞくしている。

おもしろい！

おもしろすぎるぞ、柳龍光!!

柳龍光は、無門の顔面に、右の蹴りを正面からあてるつもりでいた。

それは、わかった。

だから、わざと、引かれる力に合わせて、前に、自ら倒れ込んだのだ。

だから、まだ、柳龍光の右足は、発動していない。

その柳龍光の右足首を、無門は左手で掴《つか》んでいた。そして、右手で、柳龍光の左足首を。

いっきに、地を蹴って、逆立《さかだ》ちの格好になる。

神《か》奈《な》村《むら》狂《きょう》太《た》に仕掛けられた、あの技だ。

それを、柳龍光に向かって、仕掛けたのである。

右足の踵《かかと》で、おもいきり、下から柳龍光の顎《あご》を蹴りにいった。

はずれた。

右足が、空《くう》を蹴る。

柳龍光が、上体をのけぞらせてかわしたのだ。

その逃げた先へ、左足を疾《はし》らせる。

これもかわされた。

両手を、柳龍光の足から離して、宙《ちゅう》で一転する。

そして立つ。

逆立ちの体勢だと、柳龍光の眼の前にさらした股間をねらわれてしまうからだ。

コツカケで睾丸《こうがん》を隠してはいるものの、肛門《こうもん》に指を突っ込まれてしまう可能性があるからである。

柳龍光は、のけぞった状態で、足を後方に二度運び、再び、立った。

間合の外で、無門はまた柳龍光と向きあった。

「いったい、どこで覚えたの、こんなこと？」

柳龍光が、訊《たず》ねてくる。

どうやら、柳龍光は、喜んでいるらしい。

「おもしろい素材だねえ、キミ」

その言葉の最中に、無門は、おそろしいことに気づいていた。

自分の左足の周囲にあるものに。

それは、さっき柳龍光がはずしたズボンのベルトだった。

ベルトの輪の中に、地についた無門の左足が入っていたのである。

いったい、いつやったのか⁉

これは、偶然か。

偶然のはずはない。

柳龍光がやったのだ。

ベルトの輪に結ばれた、細い紐——糸の端を、柳龍光が、まだ握っていたのである。

左手だ。

その左手で、紐を操って、無門がちょうど足を下ろす位置に、ベルトの輪を移動させたのである。

無門の攻撃をかわしながら、二歩退がる。

それだけの動作をしている最中に、これだけのことをやってのけたのだ。

危ないところだった。

続けて柳龍光に向かって足を踏み出そうとしたら、紐を引かれて、輪に左足をとられ、転倒するか、大きくバランスを崩すかしていたところだ。

そうなっていたら、いっきにやられていたところだ。

しかし、気がついただけで、ベルトの輪の中に左足が入っているという状態に変わりはない。

今、気づいているこの状態では、いくら引かれても、バランスを崩すことはない。

動こうとした時に引かれて、バランスを崩す方が危ない。

これは、つまり、動けない、ということだ。

あとは――

ベルトの輪を強く引かれて、バランスを崩さぬよう踏んばった時に、攻撃されることだ。

左足に不必要な力を入れている最中に、攻撃されたら、対応が遅れるだけでなく、無理に対応しようとしたら、バランスを崩しかねない。

「なあんだ、気がついてしまったようだねえ……」

妖怪が、嬉しそうに笑う。

無門が、今、考えているのは、いっきに足を引き抜くことだ。

ベルトの輪の外へ。

それが、できるか。

できるだろう。

そのことに集中すれば。

しかし、その動きに集中しすぎると、柳龍光が仕掛けてくる本来の攻撃への対応が遅れてしまうことになる。

あえて、それをやるべきか。

何かで、一瞬、柳龍光の意識をそらせることができればいいのだが、その方法を、まだ無門は思いついていないのだ。

「PE《ピーイー》ラインの四号……」

柳龍光が言う。

「そのベルトの穴に通してあるラインだよ……」

柳龍光が、諭《さと》すように声をかけてくる。

攻撃するタイミング――隙《すき》をうかがっている眼だった。

「無門くん、キミは、釣りをするの？」

柳龍光が、そろりと訊《たず》ねてきた。

無門は、答えない。

この状況にあっては、誰とも話をすべきではない。特に、あの、柳龍光とは。

言葉を交《か》わすと、その言葉にのって、心の中に柳龍光が入り込んでくるからだ。

「キミが何を考えているか、わかるよ……」

柳龍光は、舌なめずりするような声で言った。

「キミの心の中に、今、たくさんの天使が飛びまわっているね。今、何をするのが一番いいか、それを探してるんだ。どれにしようか、あれがいいか、これがいいか。あれとこれの数だけ舞っている。どれがいいんだろうねえ。それをやっちゃったらどうなっちゃうんだろう。わたしにもわからないよ。でも……」

でも？

「知る方法はあるよ。それは、頭の中のその動きを、やってみることだね」

魅力的な提案だった。

しかし、言われて、それをやるわけにはいかない。

柳龍光は、自分の思考を惑わそうとしているのだ。

惑わせておいて、こちらが動かなければ、いきなり輪を引き、足元に注意を向けさせて、別の何かを仕掛けてくるつもりなのだ。

いけない。

また、筋肉と意識が、硬くなりかけている。

どうする？

「先に、仕掛けてこないの？」

無門は、声に出した。

ここは、あえて妖怪と言葉を交わすという手段を選んだのである。

「おじさんがこないんなら、ぼくからやらせてもらうよ」

柳龍光の、興味をひく言葉を口にする。

無門は、左手に巻いた布を、右手で解《ほど》きはじめた。

もしも、この最中に柳龍光が何かを仕掛けてきたら、それに合わせて対応すればいい。

身体《からだ》にまかせる。

そのことについて、もう考えない。

羽鳥《はどり》の時も、神奈村狂太の時も、そうしてきたのだ。

〝きみは闘いながら成長するんだね〟

神奈村狂太に言われた言葉を信じた。

柳龍光は、あらたな動きを、まだしていない。

自分が、何をしようとしているのか、それに柳龍光は興味を持ったのだ。

なんだ、柳龍光、格闘オタクじゃないか――

そう思う。

「そうだね、きみがこれから何をするのか、それを見たがっているわたしは、オタクなんだろうね……」

柳龍光が、無門の心の裡《うち》を見透かしたように言う。

いいぞ、柳龍光がのってきた。

しかし、油断はしない。

いつ、柳龍光が、ベルトの輪を引いてくるかもしれな

いということは、頭の隅に残しておく。

「でも、オタクとは違うねえ。ただのヘンタイ、それがわたしだよ」

その言葉の間に、布を解《ほど》き終える。

その布の一方の端を、右手の人差し指と親指の間に挟む。

もう一方の端を、左手の人差し指と親指の間に挟む。

両腕を前に持ちあげながら左右に開き、肩の高さで布を横に伸ばしてみせる。

長さ、約七〇センチ。

「何だね、それは？」

「この布を、宙《ちゅう》に広げて、その上を歩きながら、この輪の外に出てゆくんだよ」

羽鳥が、自分に向かってやってみせてくれた、あの技だ。

宙に広げた布の上を、踏んで歩く技。

「おもしろいね、無門くん。見せてもらおうか——」

「いくよ」

言った瞬間、無門は、布をふわりと宙に投げあげた。

それが、柳龍光と自分との間の空中に、橋のように伸び、広がった。

それと同時に——いや、それより一瞬速く、無門は空中に跳びあがっていた。

布を広げて——

その後、その布の上を歩く——

そういう順序を、わざと柳龍光の脳内に、耳の穴から注ぎ入れて、実際には、布が広がるより前に跳びあがる動作を始めておく。

これで、輪の中から脱出する。

そういうつもりだった。

宙に飛び、七〇センチの長さで広がった布の橋の上に跳び乗る。

しかし、実際に、布の上に体重はかけない。

布の上を歩くように見せて、実は、最初の跳躍《ちょうやく》で、柳龍光の間合の中まで入り込めるだけの力を込めておくのだ。

羽鳥は、この体勢で、宙で足の指で布を掴み、それを自分の首に巻きつけにきたのだ。

しかし、自分は、羽鳥のように地下足袋《じかたび》を履《は》いているわけではない。履いているのはスニーカーだ。布を足の指で掴むことはできない。

しかし、そのかわりにやることを、すでに、無門は決めていたのである。

布の上に、軽く右足先で触れる。

もちろん、触れるのは、スニーカーの爪先だ。

そして——

次の動作に移ろうとした時、がくん、と、左足首が引かれていた。

ベルトの輪の中に、まだ、左足は入ったままだったのだ。

なんと、柳龍光は、無門が跳躍した左足を追って、ベルトの輪を浮かせていたのである。

宙で、ベルトの輪で左足首を引っかけられ、そして、強く引かれていたのである。

まさに、自分は、だしぬくつもりで、柳龍光を、わざわざ喜ばせるような動きをしてしまったことになる。

しかし、完全に失敗したわけではない。

柳龍光に、まだ、知られてないことがある。

それは、おれがサーカス出身で、空中ブランコをやっていて、空中バランスについては、誰よりも優れているということだ。

〝高いところを怖がっていない〞

柳龍光にわかっているのは、そこまでだ。

まだ、やれることはある。

空中で、その予定を多少変更すればいいだけのことだ。

無門は、左足を引かれる力に合わせ、空中でバク転しながら一回転する。

これは、むしろ、柳龍光に左足を引かれた力を利用したとも言える。

一回転しながら、空中でベルトの輪をはずす。左足に残ったズボンを、右足で踏み脱ぐ要領で、ベルトの輪に右足の爪先を引っかけて、踏み下ろしながらそれをはず

す。

この時には、もう、宙に広げた布は、落ちはじめている。

その布は、もういい。

もともと、ベルトの輪から足をはずすため、柳龍光の注意をひくためにやったことだ。

それは失敗したが、まだ、本命が残っている。

実は、無門は、左手に巻いた布を解きながら、もうひとつ、同時にやっていたことがあったのだ。それは、右手に巻いた布の結び目を、一緒に解くことであった。

一回転して、地に降り立つ。

当初の予定より、わずかに遅れた。

宙で後方宙返りをした分、少し時間がかかってしまったのだ。

初めの予定では、柳龍光は、蹴りで襲ってくると読んでいた。

着地した瞬間の、わずかな隙を突いて攻撃を仕掛けてくる——そのための隙を作ろうとしたのだ。

しかし、距離が多少ある。

ちょうどいいタイミングをねらうとすると、蹴ることになる。

拳《こぶし》が届くところまで、距離を詰められないからだ。

しかし、宙で一転したため、いくら身を丸めて回転の速度を速めても、ただ、跳んで着地するよりも、着地するタイミングが、コンマ何秒か遅れることになる。

その間に、柳龍光は、蹴りの距離から拳の距離まで間合を詰めてくるはずだ。

柳龍光は、もともと、布の上を歩くということなど、信じてはいないであろう。何か別の目的があって、そんなことをしようとしているのだと考えるはずだ。

結局、布を宙へ投げあげて、思わせぶりに広げてみせ、その上へ跳び乗って歩くのだと思わせておいて、輪から逃げるつもりなのであろうと。

その通りだ。

そして、柳龍光を誘って、こちらから別のことを仕掛けようと、考えていたのである。

その計画は、狂った。

しかし、わずかに遅れただけだ。

柳龍光は、その遅れた時間を利用して距離を詰め、拳で打ってきた。

左拳。

手袋を嵌《は》めてない方の拳だ。

「ちゃっ！」

無門は、その左拳を、手首のところでからめとっていた。

羽鳥からもらった布だ。

その、右手に巻いていた分を利用した。

右手と左手に布の端を持って、きれいに柳龍光の左手に巻きつけて、拳を捕獲《ほかく》したのである。

取手術《とりてじゅつ》の応用だった。

予定では、足をからめとるつもりだったのが、手になっただけのことだ。

からめとりながら、その左拳を下に押し下げる。

柳龍光の左頬《ひだりほお》が、がらあきになった。

「しゃあっ‼」

無門は、吼《ほ》えた。

右足を地面から跳ねあげて、柳龍光の左側頭部を打ちにいったのである。

「くわっ！」

柳龍光が、その蹴りを手で受けた。

右手だ。

そして、掌底《しょうてい》。

手袋を嵌《は》めた右手が、右側から左側まで疾《はし》ってきて、無門の右足を宙でむかえうったのである。

ちょうど、脛《すね》のあたりだった。

止められた。

それだけではなかった。

蹴った方の無門の右足の脛《すね》に、がつん、と強い衝撃が走ったのである。

激痛！

ただの痛みではない。

おそろしく硬い何かが、ぶつかってきたのである。

飛んで逃げる。

距離をとって、また向かいあった。

すでに、無門は布を放している。

二枚の黒い布が、無門と柳龍光の間に落ちている。

そして、柳龍光もまた、ＰＥラインを手から放していた。

二枚の布の近くに、ベルトの輪が転がっている。

「サーカスだね」

柳龍光が言った。

「空中戦が得意——体操の選手か、サーカスか、どちらかと思ったんだが、今のでわかった。無門くん、サーカスで空中ブランコをやっていたこと、あるよね」

妖怪が、にいいっと嗤《わら》う。

ばれた。

しかし、答える必要のないことだ。

無門は言った。

「石だね」

今の、柳龍光の、右手の掌底《しょうてい》——手袋の中に、石が入っている。

それで打たれたのだ。

なるほど。

あらかじめ、石の入った手袋をポケットから出し、手に嵌《は》める。石は、ちょうど、手の平の中央くらいで止まるようにする。

石の丸みが見えないように、それぞれの動作の時、手の角度をほんの少し調整するだけで、相手には石の存在がわからない。

神野仁が、手袋に気をつけろと言っていたのは、この

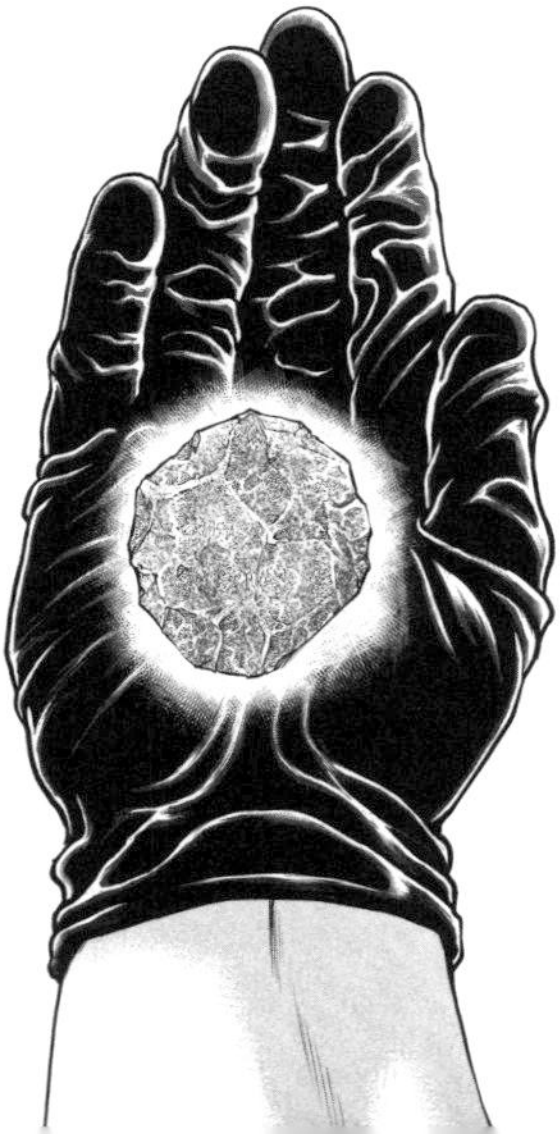

ことだったのだ。

闘いの最中に、何げなくこれを使われたら、驚く。

隙ができる。

その隙をねらわれてしまう。

「その手、肌が露出しちゃったね」

柳龍光が言う。

左右の手に巻いていた布を使ってしまったため、手がむき出しになった。

布を巻いていた目的は、ひとつには屋上から飛んだ時の受け身のためだ。

もうひとつは、空掌《くうしょう》除《よ》けだ。

手の甲の肉を、これで、吸われてしまう可能性が生まれたことになる。

だが、甲の表面積は、狭い。

そうかんたんに、空掌で吸えるものではない。

ましてや、拳に握っていれば、さらにその可能性は低くなる。

みんな、わかってやったことだ。

今さら、柳龍光に指摘されて、心を揺らしていたら、どうしようもない。

「武器術が得意なんだろ、柳さん」

無門は言った。

こちらから、妖怪に声をかける。

妖怪を嵌《は》めてやる。

「多少はね」

「布と、縄を使った捕獲術《ほかくじゅつ》は、今見せちゃったけど、まだ、やれることはあるんだよ」

「このわたしに対して、言葉の呪《まじ》をかけてくるつもりかい」

「そのつもりだよ、おじさん……」

いよいよ、やる時が来た。

無門はそう思っている。

柳龍光と闘う時——今、この時のために、温存してきた技があるのだ。

無門は、左手で着ていたシャツの右袖《みぎそで》のボタンを、右手で左袖のボタンを引き千切《ちぎ》った。

これで、両手に、ひとつずつ、ボタンを握ったことになる。

「へえ、それを、礫《つぶて》のかわりにでもするの？」

「まあね」

無門は、軽く腰を落とす。

「でも、手の甲から手首にかけて、透き間が広がっちゃったよ」

柳龍光が言う。

手の甲だけじゃなく、肌が露出する面積が広がって、空掌を受けやすくなっているよと、柳龍光は、ゆさぶりをかけてきたのだ。

「それなら、わたしも、この手袋をはずさなくちゃね」

柳龍光が、右手に嵌《は》めていた手袋をはずして捨てた。

これで、柳龍光は、両手で空掌が使えるようになったことになる。

無門は、両手を軽く下げたまま、柳龍光に向かって、足を踏み出した。

間合を詰める。

その時、無門の両手から、わずかに時間差をおいて、ボタンがひとつずつ飛び出していた。

親指で、ボタンをはじいたのだ。

中国拳法でいう、指弾《しだん》である。

通常は、小石か、小さな鉄球を使う。

しかし、ここはボタンでいい。

二度、首を振って、柳龍光は、ふたつのボタンをかわしていた。

この程度かい？

そういうように、柳龍光が嗤《わら》う。

その顔面に向かって、右の拳を打ち込んでやる。

鋭い攻撃だ。

その攻撃がかわされる。

が——

その瞬間、

シュパッ、

と、音がして、柳龍光の右頰《みぎほお》が、ぱっくりと割れていた。

「ぬうっ！」

声をあげた柳の顔に、次々とあらたな攻撃が送り込まれてゆく。

それは、無門のシャツの両袖だった。

シャツの両袖に、あらかじめ切れ込みを入れておいて、細い糸で縫い、それを隠しておく。袖のボタンをはずす時に、細い糸を切って、袖から腕を自由にする。

これで、シャツの両袖が自由になり、攻撃に使えるようになる。

マスター国松が使ったあの技を、今、無門は、柳龍光に向かって繰り出しているのである。

無門がやったのは、次のようなことだ。

まず、右拳で柳龍光の顔面をねらう。

それがかわされる。

それはそれでいい。

それと同時に、もうひとつのことを無門はやっていたのだ。

右拳を出す時に、左肩を後方に浅く、疾《はや》く振る。

流れ上、自然な動きなので、これで気づかれることはない。

この時、何が起こるか。

左袖が、後方に振られるのである。

その左袖が後方に伸びきったところで、右拳を引きながら左拳を出すのである。この時に、小さく左肩を回す。

そうすると、伸びきった左袖が、回転しながら前へ出てゆくのである。

しかし、打ち出された左拳の方が先だ。

その拳がかわされる。

当然、次は、右の拳が再び襲ってくるであろうと、柳龍光は思うはずだ。それが、自然で、あたりまえの攻撃だからだ。

しかし、左拳にわずかに間を置いて、柳龍光の頭部を襲ったのは、無門の左袖だったのである。

しかも、絶妙のタイミングだった。

左拳を、スウェーバックで避けた柳の顔面を追って、無門の左袖の先が、斜め上から柳龍光の右頬《みぎほお》を斬りつけてきたのだ。

これは、避《よ》けられない。

人間ならば、避けきれない。

想像していない攻撃だからだ。

しかし、柳龍光は、これを避けた。

実際には、長さ六センチ四ミリ――もっとも深いところで一センチ一ミリの傷を柳龍光は受けてしまったのだが、無門の意識では、長さでは、もう一センチ長い七センチ四ミリ、深さでは、もう三ミリ深い、一センチ四ミリの傷がつくはずだったのだ。

そこを、柳龍光は、ほとんど本能でかわし、傷を浅くおさえてしまったのである。

無門は、驚嘆《きょうたん》している。
さすがは、柳龍光だ。
実戦慣れしている。
しかし、攻撃の手を休めるわけではない。
機会《チャンス》だった。
たて続けに攻撃を送り込む。
左右の拳。
蹴り。
それを、次々と繰り出しながら、柳龍光を追いつめてゆく。
柳龍光は、退がってゆく。
フットワークで逃げようとする。
しかし、逃がさない。
追う。
追う。
追う。
休まない。
休まない。

当たった!

ボディへの膝《ひざ》だ。

なにしろ、二本の袖と、二本の腕——柳龍光からすれば、手が四本ある相手と闘っているようなものだ。しかも、右手の動きには右袖が、左手の動きには左袖が連動して攻撃してくるのである。

肩を回転させる速度と角度、それに腰《こし》や膝《ひざ》、足首の回転などが加わって、さまざまな変化を見せながら、柳龍光に襲いかかってくるのだ。

マスター国松から受けた袖の攻撃を、無門はさらに進化、発展させて、今、使っているのである。

関節が存在しない分、ガードした肘《ひじ》に巻きつきながら、袖の先端が頭部を襲ってくる。

そちらに、意識を集中させておいての膝《ひざ》であった。

前のめりになった、柳龍光の顔面に——

肘《ひじ》!

それを、かろうじて、柳龍光がかわす。

いいぞ。

このタイミングだ。

無門は、柳龍光を追いながら、右、左のパンチを出し、左のパンチがかわされたところで、身体を左に半回転させながら、ぐりん、と首を左斜め下にねじる。

シュッ!

と、音をたてて、頭の後ろにマフラーのようになびいていた黒い布の端が、無門の後頭部から姿をあらわし、刃物のように、柳龍光の顔を、正面から襲ったのである。

ここまでは、想定していた展開だ。

これに対して、柳龍光がどうするか。

ぱん、

と、音がした。

自分に向かって飛んできた、もとは羽鳥のものだった黒い布の先端を、柳龍光の右手が握っていた。

「残念だったねえ」

柳龍光が、笑っている。

「こんなマフラーみたいな布を身につけてちゃいけないなあ。実に危険なことだよ。さっきから、いつこいつを掴んでやろうか考えてたんだ」

言い終えないうちに、柳龍光は、その握った布の端を、おもいきり引いてきた。

が、頸《くび》にかかってくるはずの強い衝撃はなかった。

無門の後頭部にあった布の結び目が、あっさりとほどけていたのである。

無門の頭部を覆っていた布がはずれ、野球帽が落ちる。

「かかったね、おじさん……」

無門の真のねらいは、これだったのだ。

シャッ、

シャッ、

シャッ！

無門の右拳と、左拳が、交互に、しかもたて続けに柳龍光の頰《ほお》にヒットした。

そして、右袖が、柳龍光の左頰を。

柳龍光の誤算は、掴んだ布がたやすく取れてしまったことだ。そうなるように、無門が、あらかじめ、布を結んでおいたことに、気づかなかったのだ。

柳龍光は、右手で布を引き、無門の頭部の自由を奪って、その顔面に膝《ひざ》を突き入れようとしたのである。

しかし、たやすく布がはずれてしまった。

柳龍光が、はじめから、布を武器にしようと考えていたのなら、手にした布で、すぐに無門への攻撃に移ることもできたのだ。

布を引いて無門のバランスを崩し、そこへ肘《ひじ》を一発。

だが、布がすぐにはずれてしまったため、すぐに次の攻撃に入ることができなかったのだ。しかし、そのことによる、次の動きの遅れは、わずかだった。にもかかわらず、攻撃を受けてしまったのは、無門の反応があまりにも疾かったからである。

無門の動きが疾かったのは、柳龍光が何をしてくるかを前もって頭の中でシミュレーションしていたからである。

無門は、顔に布を巻いた時、わざと、布があまるようにしたのだ。柳龍光に、その布を掴ませるために。

それに、柳龍光が引っかかったのである。

とはいえ、さすがに柳龍光も、ただやられていたわけではない。

無門が自分の身体に加えてくる攻撃のインパクトを、頭部を回したり、のけぞったりしながら、たくみに半減させていたのである。

ぱあん！

という音がした。

無門の左耳のすぐ横だ。

柳龍光が、右手に持った布を鞭《むち》のように振って、無門の顔を打ちにきたのである。

無門は、横に跳んで、その攻撃を避けたのである。

再び、向かいあった。

間合の、一歩外だ。

柳龍光は、

「凄いね、キミ」

そう言って、右手の指先を右頬《みぎほお》にあてた。

「これは、血だねえ」

指先についた血を、赤い舌で舐めあげる。

舌が、さらに赤くなる。

「ああ、久しぶりだよ。自分の血の味を思い出すのはね……」

その声は、優しく静かだった。

恋人に向かって、美しい花びらを、その口から吐き出すような……

しかし——

その声音《こわね》に、花香りのように妖気が混ざっている。

「ありがとう、無門くん。この味を思い出しただけでも、今日、ここへ来た意味があったというものだ」

「よかったね、おじさん」

「思い出したんだが、その袖、国松の親父が考えそうな技だな……」

柳龍光は、何かに気がついたように半歩、退がった。

気がついたことについて、もう少し思考を深めるためだ。思考している時に、いきなり仕掛けられても対応できるだけの距離をさらにとったのである。

「ははあ——」

柳龍光が、その場所から、無門の顔を覗き込む。

心の中まで、その視線を届かせようとしているようであった。

「キミ、国松の親父に、会ったね。うん。なるほど、なるほど……」

柳龍光はうなずく。

「その時見たんだな、あの、腕の入っていない左袖を。それを見て、今のを思いついたのかな。そうだよね。まさか、親父が、わざわざキミに、そんな技を教えるはずもないからね。いや、違うなあ。そうか、もうひとつの可能性があるね。キミ、国松の親父と闘《や》ったね。それで、その袖の技を使われたんだね……」

柳龍光が、無門の眸《め》の中に浮かぶ、どのような小さな光も見逃すまいと、見つめている。

「当たっちゃったねえ、無門くん」

柳龍光が、半歩、もどってくる。

「ねえ、無門くん。あの腕、今、どこにあるかわかるかい」

柳龍光が問うてくる。

無門は答えない。

「わたしのところだよ。わたしのところに、飾ってあるんだ。その腕、どうしたかわかるかい？」

柳龍光の唇が、もう、笑みを浮かべる準備をしているように、ひくひくと動く。

「喰《く》っちゃったんだよ」

柳龍光は言った。

なに⁉

いったい何を言い出すのか、この男。

「ちょうど、四五二グラム。レアでね……」

柳龍光の貌《かお》が、ふいに、人から爬虫類《はちゅうるい》のそれに変貌《へんぼう》したようであった。

薄い、膨《ふく》らみのない唇《くちびる》。

表情の読めない、丸い眼玉《めだま》。

しかし、笑うはずのない、爬虫類のその貌《かお》は、笑っているように見えた。いや、確かに笑っているのだ、この貌《かお》は——

「味を聞きたいかい？」

もちろん、聞きたくない。

聞く必要もない。

その言葉を耳にしたくもない。

おそろしく不快な感情が、背に張りついている。

それが、もののけのように、背から首に向かって、幾《いく》百《ひゃく》、幾千《いくせん》の触手を動かして、這《は》い登ってくる。

それをいくら聞きたくなくても、この男は、それを口にするだろう。

それを言わせないためには——

攻撃するしかない。

その衝動に、無門は耐えた。

間合が遠すぎる。

この距離から動いていったら、たやすく見切られてしまうだろう。

追いつめられた子供が、泣き叫びながら両手を振り回して突進する——それは、ここでは絶対にやってはいけないことだ。

「へえ、たいしたもんだね、無門くん。今ので、動かなかったのは、称讃に値するね。若いのに、多少の修羅場の経験はあるんだね。ならば、教えてあげてもいいんだけど——」

少し間をおいて、

「言わないよ」

柳龍光は言った。

「わたしだけが、あの味を知っている。それが、わたしを強くする。それで、あの国松の力をわたしのものにした……」

国松の力というのは、ようするに妖怪力《ようかいりょく》のことか。

確かに、この柳龍光の内部には、国松と同じ闇に棲《す》む妖怪が蠢《うごめ》いている。

「じゃ、続きだよ」

柳龍光が、軽く足を踏み出してきた。

速い動きではない。

街で久しぶりに会った友人に歩みよる——そういう速度だ。

来い。

無門は、アップライトに構えた。

ムエタイの選手がよく使う構えだ。

そして、踵《かかと》をあげ、爪先でフットワークを使う。

上体を左右に、小刻みに振る。

二本の袖が回転を始める。

柳龍光が、間合に入る寸前、無門は、自分から前に出た。

「しゃっ！」

左袖で、柳龍光の顔面を打ちにゆく。

柳龍光が、スウェーバックで、その袖をかわした時には、もう、無門はさらに踏み込んでいる。

「ちゃあああっ！」

右拳で、柳龍光の顔面を打ちにゆく。

が、左肩の動きを封じられていた。

右拳を前に打ち出すには、左肩を後方に引くことになる。その動きを止められたのである。

その理由は、もちろんわかっている。

今、柳龍光の顔面を打ちにいった左袖を、柳龍光が右手で握って、左肩の動きを止めたのだ。

びりっ、
という音がした。

左袖が、肩のところから引き千切られたのだ。

無門の右拳が、空を打った。

その瞬間だった。

パン！

と、顔面を打たれたのだ。

柳龍光の左手だった。

鼻と、口を塞《ふさ》がれていた。

空掌《くうしょう》‼

顔の肉を、剝《は》ぎとられる⁉

剝ぎとられなかった。

柳龍光の左手は、確かに、ほんの一瞬、無門の顔に張りついたのだ。そして、引かれたのだ。

しかし、柳龍光の手は、大きく後方に引かれただけで、その掌《てのひら》には、肉の一片も張りついてはいなかった。

柳龍光の左肩が、左手の勢いを殺しきれずに、後方に半回転する。

ここだ!!

無門は、左から柳龍光の背後に回り込む。

そして、柳龍光の背後から、技をかける。

左手を、柳龍光の左脇の下からくぐらせる。

前から、後方へ。

そして、右腕は、背後から柳龍光の頭部をからめとる。

チョークに似ているが、チョークではない。

関節技だ。

右手の人差し指と中指の二本を、左手の人差し指と中指の二本とからみ合わせる。

チキン・ウィング・フェイスロック!!

一度極《き》まったら、もう、はずせない。

おもいきり絞《し》めれば、頸椎《けいつい》と頭部とのジョイント部分が、破壊される。

ぐっ!

と、柳龍光の、喉《のど》がくぐもった音をたてる。

あげようとした声が、喉のところで止められたのだ。

ギブアップかどうかを、問う闘いではない。

いっきに力を込める。

が——

半分近くまで力を込めたその時、無門はその技を解《と》いていた。

無門の右腕——ちょうど、二の腕のところに、柳龍光の右手が吸いつこうとしていたからだ。

このままだと、完全に技を極《き》める前に、右腕の肉を、筋肉ごと引き千切られてしまうからだ。その状態で、技をかけ続けることはできないと、無門は判断したのである。

解き、後方に跳んで、距離をとった。

また、柳龍光と向きあった。

「たまらんコだねえ、キミ……」

柳龍光が、唇をめくりあげる。

「あんなやり方で、空掌をはずすなんてさ……」

さっき、顔に張りついてきた、柳龍光の左手から逃げたことを言っているのだ。

簡単なことだった。

顔に、掌《て》が吸いついてきた時、口から、ふっと、柳龍光の左手の中に、息を吹き込んだのである。それで、掌《て》の内側の真空が消失したのである。

柳龍光の空掌について、知識がない者は、つい、この技を仕掛けられた時、呼吸を止めてしまう。それで、その一瞬で、顔の肉を剝《は》ぎとられてしまうのである。

いずれにしろ、顔に掌《て》をあてられた瞬間に鼻から、あるいは口から息を吐くことをしなければならない。

あらかじめ、それを想定した訓練をしておかねば、できない技であった。

しかし、柳龍光もまた、チキン・ウィング・フェイスロックから逃れる時、やっていったことがある。

それは、無門の右袖を引き千切ってゆくことであった。

「これを、もらっておいたよ」

柳龍光の左手に、無門のシャツの右袖が握られていた。

「いや、想像以上に、キミはおもしろい。闘っていて、ワクワクするね。こんなことは初めてだよ……」

柳龍光の顔が、ほんのりと、赤く染まっている。

どうやら、柳龍光は、興奮しているらしい。

「ああ、これだけの興奮は、松本太山と闘った時以来だよ」

その眼が、濡れて光っている。

欲情した女も、そして男も、そういう眼になる。

柳龍光のズボンの股間が、膨らんでいる。

「無門くん、キミを、全力で潰そう。もう、無駄なことは一切しないよ。十二秒で終わるところを、十七秒にしたりはしない、ということだよ。でも、正直に言えば、一秒でも長く、キミが立っていてくれることを、心から願うよ……」

柳龍光は、左腕を持ちあげて、左手を開いた。

黒ずんだ、蝦蟇《ガマ》が、仰向けになって、月光にその不気味な腹をさらしたような掌《て》であった。

一本ずつの指が、きっちりと合わさっている。

掌《たなごころ》が、しっかりと上を向き、そろえた指先が、無門の方に向けられている。

「さあ、これを受けることができるかな、無門くん……」

柳龍光は、そう言って、右手を持ちあげ、その手を後頭部へ回した。

柳龍光の右手は、その頭の後ろに隠れて見えなくなっている。

左足が前。

右足が後ろ。

すうっと、腰が落ちている。

これ、この構え。

知っているぞ。

おれは、これを知っている。

この構えと向きあったことがある。

あれだ⁉

無門の脳裏に、蘇ってくるものがあった。

あの時――

場所は、早田ジムだ。

早田ジムで、神野仁《かんのじん》と向きあった時、神野仁がやった構えであった。

びくん、
と、背を震わせて、無門は、半歩退がった。

背に、氷の棒を差し込まれたような恐怖が疾ったのである。

神野仁がやろうとしていた技――それが何であるかはわからなかったが、あの時、神野仁は、それを必殺の技として発動しようとしたのだということはわかる。

いったい、どういう技か⁉

それがわからなかった。

強烈な違和感があった。

通常の、格闘技の中に存在しようのない構え。

構えない、という構えはある。

柔道で言えば、自然体。

あえて、それを、無構《むがま》えと呼ぶような剣の流派もある。

しかし、あの時の神野仁も、今、眼の前に立っている柳龍光も、構えているのである。しかし、その意味がわからない。

あの時は、好奇心があった。

しかし、今は、マスター国松と手合わせをし、空道がどれほどおそろしい技術体系であるかをよくわかっている。

神野仁が使った構え――意味があるに決まっている。

しかも、それを、柳龍光がやっているのである。

もちろん、効果的だとわかっているからこそ、柳龍光は、この構えをとっているのである。柳龍光が、効果的

と考えている技——それだけでおそろしい。

これは、空道に存在する技術のひとつなのか?

それとも……

「おやおや……」

柳龍光が、不思議そうな顔をする。

「今、退がったってことは、無門くん、キミ、この技を知ってるの？」

柳龍光の視線が、蛇のように、身をくねらせながら無門の心の中に這い込んでくる。

「そうか、見たことはあるんだね。でも、どういう技かは知らないんだ。その顔でわかるよ……」

柳龍光が、言葉の呪《まじ》で、無門を縛ってくる。

「なるほど、なるほど。つまり、キミは、神野仁と闘《や》ったことがあるんだね。それで、この構えを見た。でも、何かの事情で、神野仁は、ここから先をキミに見せなかったんだね……」

その通りだった。

柳龍光の、洞察《どうさつ》の鋭さには、舌を巻くばかりである。

しかし、今の言葉で、無門にもわかったことがある。

それは、やはり、柳龍光は、神野仁と闘《や》っていて、この、今、自分がやろうとしている技を受けたことがあるということだ。それは、つまり、この構えは、神野仁のオリジナルだということだ。

もしも、空道の中で一般的に使われる技であるなら、いくら自分がこの構えを知っていても、柳龍光は神野仁と結びつけたりはしないだろう。神野仁の名前を出したということは、それが、神野仁のオリジナルだからだ。

それは、つまり……

柳龍光は、神野仁からこの技を仕掛けられて、そこから生還したということだ。

生還してなお、この技の凄さを理解しているのだ。

だから、今、この技を使おうとしているのだ。

どのような技か。

何のための構えか。

思い出せ。

思い出せ。

早田ジムで、神野仁がどうだったかを。

倒れていた神野仁が、どのような姿だったかを。

神野仁の、左の頬骨《ほおぼね》が陥没して、丸い穴があいていた——あれは、柳龍光が、右手袋の中に隠し持っていた石で叩かれたためにできた穴だ。

手だ。

神野仁の左手の肉が、ほぼ無くなっていた。

手の平の肉も、手の甲の肉も。

空掌でやられたのだ。

しかし——

不思議なのは、手の平と甲、両方の肉がなくなっていたことだ。

ただ、左手を使えなくするのなら、どちらかの肉を剥ぎとれば、それですむはずだ。両方ないというのは、つまり……

両方、一遍に、一度の技で無くなったのか。

手の平ならば、想像はつく。

互いに手を合わせて、空掌で引き合う。

弱い方の肉が持っていかれる。

だが、手の平と手の甲、両方がどうして無くなるのか。

「考えてるねえ、無門くん……」

柳龍光が、嬉しそうに嗤《わら》う。

「いいよ、好きなだけ考えればいい。この構えの意味をね」

柳龍光の、そろえた左手の指先が、無門の顔に向けられている。

左右に、フットワークを使って、その指先から逃れる。

しかし、柳龍光の指先も、無門の動きを追って動いてくる。

柳龍光――

どこに、隙があるのか。

右の側頭部は、右肘《みぎひじ》によってガードされている。

左側頭部は、半分、空いている。

腹は、遠い。

近づいて、下段蹴りか。

腹に、右の前蹴りでゆくと見せて、左手ではらわせる。

あるいは退がらせる。どちらでもいい。

一度、受けに回らせて、あとは連続して技を出してゆけば、柳龍光は、今の構えから出すはずの技を使えないかもしれない。

ゆく。

左右に上体を揺らし、前後のフットワークを使って――

前へ。

右の下段を――

そう思った瞬間だった。

パアン！

という音がして、無門の左眼に、何かがぶつかってきた。

指で、眼球の表面を、
ぽん、
と、軽くはじかれたような。

しかし、どんなに軽くでも、はじかれたのは眼だ。

一瞬、動きを止める。

そして、たて続けに、打撃を打ち込まれていた。

腹、胸、脇腹。

顔は、かろうじてガードした。

ほとんど、無意識の動きだ。

その最中に、左の二の腕に、おそろしく気持ちの悪いものが張りついてきた。

柳龍光の右掌《みぎて》だ。

吸われた。

肉を持っていかれる⁉

「くわっ！」

無門は、左の上腕に力を込め、右の拳で、柳龍光の右《みぎ》肘《ひじ》を、下からおもいきり打ちあげた。

空掌を使う寸前、腕の動きが止まる。

掌をあててから、引くまでのわずかな時間だ。

その、時間の透き間にねじ込むような一撃だ。

ぱふぉっ！

と、音をたてて、左上腕から、柳龍光の右掌《みぎて》がはずれた。

そこで、隙ができていた。

右手を使ったため、顔の右側が空いてしまったのだ。

そこに、拳を打ち込まれた。

無《む》寸《すん》受《う》けを使用できるタイミングでも、体勢でもなかった。

拳で、頬《ほお》を打ち抜かれた。

かろうじてやれたのは、顔を、拳の進む方向にねじって、力の半分を流してやることだ。

打つ。

蹴る。

打たれる。

蹴られる。

やりとりをして、離れた。

呼吸が荒くなっている。

柳龍光が、こっちを見ている。

また、あの構えだ。

左手を、掌《たなごころ》を上にして前に出し、右手を頭の後ろに隠す、あの構え。

そして、今、無門は、その構えの意味を、ようやく理解していた。

空気だ。

左《ひだり》掌《て》に、右《みぎ》掌《て》を叩きつけるように打ちつけて、ふたつの掌《て》の間に、圧縮された空気をつくるのだ。

その空気を、左手の人差し指と中指の間にできる溝を通して、外へ向かって放つのだ。

圧縮された空気が、その指先の向いた方向——無門の顔面に向かって飛ぶ。

他の場所なら、どうということはない。

無視をしてもいい。

しかし、ねらわれたのは、眼だ。

しかも、その圧縮された空気を作ったのは、真空を作ることのできるふたつの掌《て》である。

普通の人間がやるのとはわけが違う。

そうか。

わかった。

神野仁は、この技を、柳龍光に向かって仕掛けたのだ。

左手の肉を毟《むし》りとられた後で。

右掌《みぎて》で、左掌《ひだりて》を上から叩いて、空気の槍《やり》を、柳龍光に向けて放ったのだ。

しかし、手の平の肉が消失した左手が、その圧力に耐えられなかったのだ。その技を出した瞬間、左手の甲の肉までが、千切れて飛んでしまったのだ。

おそらく、その攻撃を受けただけで、柳龍光は、その技の構造を見抜いてしまったのだ。

「いいねえ、その顔。神野くんも、わたしにやられる前、そんな顔をしていたよ」

そんな顔――

つまり、絶望の顔か⁉

哄笑《こうしょう》する悪魔の前で、希望の灯《ともしび》が消えてゆくのを見ている顔か⁉

無門は、絶望しかけていた。

やはり、無謀なことであったのか。

柳龍光と闘うということが。

屋上《おくじょう》からのダイブで、柳龍光にダメージを与える。

そこから、いっきに決着をつけるつもりだった。
それが、できなかった。
しかし、他にも、手を用意していた。
神奈村狂太から盗んだ、御式内《おしきうち》。
羽鳥からもらった布による攻撃。
そして、とっておきが、マスター国松の、袖を武器にした攻撃。
結局、そのどれもが、通用しなかった。
いや、多少のダメージは与えることができたのだ。
さらには、時間も稼ぐことができた。
それで、乱れかけた呼吸を整えることもできたのである。

これは、神奈村狂太にも、羽鳥にも、マスター国松にも感謝しなければならない。

しかし、そこまでだった。

この後、これから先、どうしたらいいのか。

それがわからないのだ。

今、自分の肌を隠すものは、布も、袖もない。

「いいねえ、その顔。やること、考えてきたことが、全部駄目になっちゃったって顔だね。これからどうしたらいいの。ボク、どうしたらいいの。絶望が、キミの体内で育っている。それが、顔に滲《にじ》み出てくる……」

嘘だ。

自分は、そんな顔をしていない。

絶望もしていない。

柳龍光の、言葉の呪《まじ》に、心を蝕《むしば》まれているだけだ。

自分が、今、どんな顔をしていようと、それは絶望の顔ではない。

自分は、まだ動ける。

まだ、やれる。

柳龍光に比べ、自分が圧倒的に劣っているのは、経験値だ。

それは認めざるを得ない。

しかし、経験値というのは、勝敗を決める時の様々な要素のうちのひとつにすぎない。

あるはずだ。

柳龍光になくて、自分にあるもの。

あった。

ある。

それは、サーカスだ。

サーカスの、身体を使う演目の全てを、自分は、団員の誰よりもうまくこなすことができる。

玉乗り。

空中ブランコ。

綱渡り。

綱の上で、バク転もできる。

綱の上で縄跳びをして、火の輪をくぐることだってできるのだ。

走る裸馬《はだかうま》の背で、逆立ちをして、馬の揺れる頭の上まで手で歩くことだってできるのだ。

「神野くんはねえ、絶望という獣に、心も、身体も喰われてねえ、それでも、わたしに、これを——今、キミが体験したこの技を使ってきたんだよ。でも、それは、失敗しちゃったんだ。手の肉がはじけ飛んじゃったもんだから、わたしの顔に届いてきたのは、そよ風だったよ——」

柳龍光は、左手を、見えぬ供物《くもつ》を神に捧げようとでもするように、持ちあげている。

右手は、頭の後ろだ。

なるほど、右手は、その、位置でなくてはならない。

他の構えだと、手のかたちが見えてしまうからだ。

左手から遠い場所に右手をあらかじめもっていっておかないと、技の初動が遅くなる。右手が前に出ていると、いったん引く動作が必要になるからだ。

左手に近い場所から、右手を発動させるのでは、勢いが足りず、圧力が高まらない。

頭の後ろに右手を隠しておけば、手のかたちも、初動もわからない。動きがわかるのは、頭の陰から右手が出てきた時だ。しかし、その時には、もう、右手は動き出しており、その動きがどういうものか判断するのに、わずかに遅れることになる。

「ほんとに、いいやり方を神野くんはわたしに教えてくれたよ。空掌に、こんなやり方があったなんてね。わたしは、これを空弾《くうだん》と呼ぶことにしたよ。もしも、手の平の肉をわたしにもっていかれてなければ、彼とはもう少し遊べたんだけどね……」

柳龍光の口の中で、蛇のような舌が、ちらちらと踊っている。

その通りだった。

真空を作ることのできる掌《て》は、逆に空気を圧縮することもできるのである。

「わたしはね、神野くんには、実に優しく、丁寧に、技を進呈したんだよ。頬骨《ほおぼね》に穴をあけてやったりしてね。彼は、充分にわたしを楽しませてくれた。キミはどうかなあ、無門くん……」

無門は、周囲を観察している。

下は、アスファルト。

他に、周囲には何もない。

ただ、七メートルほど右に、欅《けやき》が生えている。

その欅の根元の周囲だけ、アスファルトがなくて、土が見えている。

雨水を、そこから染み込ませ、欅に水を供給するためのものだ。

左眼は、まだ視力がもどってない。

映像が、ぼんやりとしている。

右眼だけの観察。

他には、何がある？

それを見ている間はなかった。

ふいに、柳龍光が仕掛けてきたからである。

頭の後ろに隠していた右掌《みぎて》を、左掌《ひだりて》の上に叩き下ろす。

空弾！

しかし、二度目は効《き》かない。

何が来るのか、もう、わかっている。

手で、右眼を庇《かば》ってもいいし、一瞬、眼を閉じてもいい。

横へ逃げると、その逃げる方向を予測されて、そこへ攻撃されてしまう。

顔をそむけるのは危険だった。

無門がやったのは、一瞬、右眼を閉じることだった。

それならば、時間は短い。

通常の闘いでも、瞬《まばた》きくらいはする。

それで、相手から何かをされるということはない。


ぱん……

と、閉じた右目蓋《みぎまぶた》の上に、圧縮された空気の弾丸が飛んできてぶつかった。

目蓋を閉じていたのは、ほんの一瞬とちょっとだ。通常の瞬《まばた》きより、わずかに長い。それは、空気がぶつかっている時間が、瞬くよりもほんの少し長いからだ。

が——

眼を開いた時には、もう、柳龍光の顔が、すぐ眼の前で笑っていたのである。

その顔を見たのと同時に、腹に一撃を喰らっていた。

腹のどまん中——鳩尾《みぞおち》だ。

そこを、右手の貫手《ぬきて》でおもいきり突かれていたのである。

腹筋が、突き破られたのかと思った。

強烈な一撃だった。

腹の中まで手が伸びてきて、胃袋をおもいきり、鷲掴《わしづか》みにされたような気がした。

甘かった。

甘かった。

確かに、瞬きする時間は短い。

しかし、今回は、空弾を受けているので、眼を閉じている時間が、ほんの少しだけ通常より長かったのである。

そして、もうひとつ——通常であれば、一度瞬きする間に、相手を攻撃することなどできないはずなのだが、この時は、通常の瞬きではなかった。

普段であれば、相手が、いつ、どこで、どんな風に、眼を閉じるかどうかなどわからない。

だが、今のは違う。

今回は、相手——つまり柳龍光によって、瞬《まばた》きする瞬間の時間を決められてしまったことになる。

だから、柳龍光は、空弾を打つ時に、どこに着弾するかあらかじめわかっていて、もう、空弾が当たるのよりも先に、前へ出て距離をつめていたのである。

左眼の視界がまだぼんやりしているため、閉じたのは右眼だけだったのだが、両眼を閉じたのとほぼ同じ状態になってしまった。

そこをねらわれたのだ。
たて続けに攻撃を受けた。
それを、かわす。
かわす。
が——
かわしきれなかった。
ふたつ、被弾した。
左頬《ひだりほお》と、右脇腹。
拳と、蹴りだ。
しかし、その三倍の量の攻撃は、かわしたはずだ。
苦しい。
原因は、腹だ。
直前に腹を、突かれたからだ。
胃が、食道をせりあがってきて、口から出そうになっている。
吐いた。
出たのは、黄色い胃液だった。
呼吸が乱れた。

そこへ、地の底から化物《ばけもの》が這い出てくるように、前かがみになった無門の顔面に、下からぶつかってくるものがあった。
柳龍光の右膝《みぎひざ》だった。

# 4

苦しい。

酸素が足りない。

必要な量の酸素に対して、呼吸が追いつかないのだ。

黒い獣のように、顔に向かって下から牙を立てようとした膝《ひざ》を、左手で止めたのだ。

しかし、止めきれなかった。

カバーした左手ごと浮かされて、顎《あご》に当たった。

顎に当たったのは、自分の左手だったが、強烈な一撃だった。

普通なら、その一発で、決着がついてしまうようなやつだ。

それでも、左手でカバーしていたので、なんとか、今、立っていられるのである。柳龍光の攻撃をかわしていられるのである。

柳龍光の技は、多彩だった。

拳《こぶし》、掌底《しょうてい》、蹴《け》り、鞭打《べんだ》、ありとあらゆる攻撃が、襲ってくる。

柳龍光——

達人であった。

弱いから、武器を使うわけではない。

普通の技が使えないから、空掌に特化した技術を発達させたわけでもない。

そのような武器や異能がなくても、強い。

それも、おそろしく強い。

かわすのがやっとだ。

七割をかわして、三割を被弾する。

その間に、自分が入れられるのは一発くらいだ。

このままでは、先が見えている。

いずれ、七割もかわせなくなり、四割、五割を受けるようになり、どこかで致命的な一発をもらうことになる。

それが、一分後か、三分後かはわからない。

三〇秒後、十五秒後かもしれない。

間違いなく言えるのは、いつか、近い未来に必ずやってくるその瞬間に向かって、時計の針が刻まれているということだ。

身体の中に、泥が詰まっているようだった。

血管の中を流れているのは、泥水だ。

筋肉の中に詰まっているのは、砂だ。

自分は、泥の塊だ。

その泥の中で、意識だけがある。

意識だけが、その泥の塊である肉体を支えているのである。

休みたい。

地面に倒れ込みたい。

倒れ込んだら、そのまま地面に溶けて、柳龍光にも、自分がどこに消えたかわからなくなってしまうのではないか。

だから、倒れたい。

どうせ、結末はわかっているのだ。

それなら、倒れるのは、今でもいいじゃないか。

倒れれば、楽になる。

倒れた後、この身体がどうなるかはわからないが、倒れれば、とどめをさされる直前、ほんの一瞬、楽になる。

わざと倒れて、何が悪いのか。

何をされるにしたって、今のこの状態よりはいいじゃないか。

倒れる。

倒れて楽になる。

その後のことは考えない。

今日、一日——

いや、夜。

おれは、たくさん働いた。

ゴブリン春日《かすが》とやった。

羽鳥ともやったよな。

神奈村狂太ともやったよな。

凄い連中だ。

ひと晩で、ひとりだってたいへんな相手だ。

それが、三人もだ。

四人目の、龍金剛《りゅうこんごう》とはやれなかったが、かわりの四人

目がこの柳龍光だ。
もう充分じゃないか。
意識が、朦朧《もうろう》となっている。
それなのに、なんで、おれは立っているのか。
なんで、拳を出し続けているのか。
ああ——
地面に、身体を投げ出したい。
おいで……
と、声がする。
誰の声か。
ああ、太山の声だ。
松本太山。
太山が、地面の中で、仰向けになって、おれを呼んでいる。
両手を大きく広げて、おれを待っている。
もう、休め。
こっちへ来い。
太山が優しく微笑している。

おれ、がんばったよ。

太山先生。

そうだな、そうだな。

おまえはよくやった。

おまえは凄いやつだよ、葛城無門。

おまえは、おれの誇りだ。

そりゃあ、人間は、がんばらなくちゃあいけない。

それが人間だ。

しかし、人間は、強いだけじゃあいけないんだ。

時には、負けることも必要なんだ。

親が死ぬことにも、出会わなくちゃあいけない。

どんなにがんばったって、できないことはある。

それを知ることは、悲しいことだ。

好きな女が、離れてゆく。

好きな女を幸せにできない。

人のために、がんばりたい。

自分のためだけに生きるなんて、そんなつまらない生き方はない。

何で強くなりたいのか。

何で、誰よりも誰よりも強くなりたいのか。

それは、生きる糧《かて》だ。

その欲望は、人の中心を貫いている。

だけどなあ——

だけどなあ——

最後の最後、人生のどんづまりのところでは、人は、人のために生きなきゃあいけない。

人のために、自分の命を使うんだ。

いいか。

いいか。

無門よ。

自分より、哀しい者がこの地球にひとりだっているうちは、自分が幸せだなんて思っちゃあいけないんだ。

泣いている人間が、ひとりでもいるうちは、闘う者は、聖者のように立ちあがらなくちゃあいけないんだ。

ファイターは、聖人なのだ。

どうしようもないできごとや、力の前にうちひしがれている者の傍《かたわら》に立って、闘う者は、叫ばなければならない。
「あんたを必ず守る」
「あなたのために、おれが闘いますから」
それで、死んでゆけ。
いいか。
強ければ、世の中を平和にできるなんて、思っちゃあいけない。
強くなれば、誰かを救うことができるなんて、それはまやかしだ。
そんなおとぎ話のような物語は、どこにもないんだ。
いいか。
いいか。
無門よ。
これは、永遠に続くことなんだ。
生きてる限り、おれたちは、闘い続けることになる。
よくやった。
よくやったよ、無門。
おまえは、凄い。
だから、時には、人は、負けなきゃあいけない。
敗北を知らない人間が、人に優しくできるものか。
だから、今は、休んでいいんだ。
無門よ。
今は、休め。
誰もおまえを責めたりはしないだろう。
ああ——
無門は、心の中で声をあげる。
わかったよ。
わかったよ、父さん。
父さんのいる、そこへ行くよ。
でも——
でも何だ？
もう少し——
もう少し？
もう少し待ってくれ。
何故だね？

だって、まだ、おれは立つことができるんだ。

立っていることができるんだ。

おれにだって、わからないよ。

何で立つのかな。

何でまた、立ちあがるのかな。

わからない。

おれにはわからないよ。

でも、もうちょっと、もう少しだけ、がんばらせてくれ。

神奈村さんなら、

まだこの数式の答えが出ていないから——

そんなことを言うのかな。

なんだか、涼しいな。

少し、寒くなってきたのかな。

気温が下がってきたのかな。

呼吸もできない。

酸素が足りなくて、寒いのかな。

いいや。

いいや。

そうじゃない。

違う。

いつの間にか、上半身、身体の前が冷えているんだ。

何故か。

シャツのボタンが、全部千切れているからだ。

それで、胸と腹がむき出しになっているんだ。

いつ、こうなったのか。

わかっている。

柳龍光がやったのだ。

何のために⁉

そりゃあ、もちろん――

その時、無門の意識の中に、たまらない恐怖が突き抜けた。

胸に、べったりと、吸いついてきたものがあったからだ。

「もらい‼」

柳龍光の声が、耳に飛び込んできた。

## 5

へえ、これをよける？
凄いね、無門くん。
たいしたもんだ。
じゃ、これは？
これは？
ほら、これは？
ならば、これは？
ほら、当たった。
もう、息があがってるよ。
おおっと、あぶない。
今のは、よかったよ。
でも、わたしには通じないよ、そういうフェイントは
ね。
右のふりして、左。
手でいくふりして、足。

視線を足元に向けて、顔をねらう。

それはねえ、一番レベルの低いフェイントだね。

いいかね、無門くん。

本当のフェイントは、やっている本人すらもわからないものなんだよ。

顔を打つつもりだったのに、足でローを蹴っている——やった本人がびっくりするようなフェイントでなければならないんだ。

考えない。自然に出ちゃう。

それにね、身体の動きで騙すうちはまだまださ。

心を騙すんだ。

この人は、こんなことは絶対にやらない——そう思わせておいて、裏切るんだ。

じゃあ、またねって、背中を向けた仲のいい友人の背に、後ろから斧《おの》を打《ぶ》ち込んでやる。

それを、楽しめないうちはねえ。

やられた方は、仰向けに倒れて、

〝まさか〟

という眼でこちらを見る。

〝どうして、こんなことをするの。あれほど信じていたのに——〟

官能的な眼だねえ。

こちらを見あげるその眼に宿っているのは、驚きの色だよ。その色、その眼の光が、陽が西の山の端《は》に沈んでゆくように、ゆっくりと鈍くなり、色が褪《あ》せてゆく。

本当のフェイントというのは、相手の人生まで裏切ってやることなんだよ。

ああ、残念。

本当に残念だよ。

きみは、もう、眼にそういう色の光を宿しかけている。

ほら。

今の右手のひと振りで、きみのシャツのボタンの最後のひとつをふっとばしてやった。

きみの、胸と腹が、無防備な肌をさらしているのに、気がつかない。

女の子が、裸で夜の歌舞伎町《かぶきちょう》に立っているより、もっ

と危うい。

しかも、きみは、そのことにまだ気づいてない。

ああ、くやしいねえ。

残念だねえ。

もう少し、遊んでほしかったんだが、その白い肌を見たら、むらむらしてきてしまったじゃないか。

いい筋肉だねえ。

質がいい。

毟《むし》りとるのに、最高の筋肉だ。

ほら、鳥のさ、腿《もも》の筋肉って、一部を千切ると、骨に沿って全体がきれいにくっついて剝《は》がれてくるよね。

いい筋肉って、そういうものなんだ。

手の平サイズの肉だけしかとれない筋肉なんて、脂肪が多すぎるダメなやつなんだなあ。きみのは、きれいに、一発で、胸の半分は、引き毟《むし》ることができそうだ。

腹だったら、内臓が露出しちゃうよ。

さあ、終わりにしようか。

きみはよくやったよ。

最高のファイターだった。

ほら、隙ができた。

右手で、きみの胸を、優しく包んでやる。

左の胸。

乳首も一緒に。

「もらい!!」

おもいきり引いてやる。

# 6

無門は、こらえなかった。

身体を浮かせて、引かれる方向に跳んだ。

柳龍光は、右手を無門の左胸にあて、左手で右手首を握って引いた。

当てて、引く——ただ打つよりわずかにタイミングがおそくなる。

思った通りだった。

柳龍光の顔面が、がら空きだった。

「かあっ！」

その顔の正面に、右肘《みぎひじ》を叩き込む。

顔の中まで潜《もぐ》り込むように。

鼻の全部を顔の中にめり込ませてやるつもりで。

めきょっ！

という音と、

ぐじっ！

という音が混ぜ合わさったような音が、右肘《みぎひじ》から伝わってきた。

入った！

無門は、一瞬で、覚醒《かくせい》した。

柳龍光め――

勝利を確信したんだな。

これで終わり――

そう思ったんだろう。

自分の一番得意なかたちになって、そこに隙ができた。

その隙が見えたのだ。

胸に吸いついてきたものが、あまりに不気味な感触であったために、それが、無門の意識を、脳内から現実に引きもどしたのだ。

柳龍光の右手が離れていた。

無門は地に左足で着地して、柳龍光の鳩尾《みぞおち》に右足の爪先を蹴り込む。

くるぶしまで潜った。

着地。

左眼の視界がもどってきた。

追う。

追う。

柳龍光は、口から黄色い胃液を吐きながら逃げてゆく。

信じられるか。

あの柳龍光が、自分の攻撃から逃げているのだ。

逃げろ。

逃げろ。

そっちには、欅《けやき》が生えている。

そして、おれは、サーカスの人間だ。

得意は、空中ブランコだ。

柳龍光が、欅の下まで逃げる。

おれは、跳んだ。

空中から、柳龍光の顔面を蹴りにゆくと見せて――

やらない。

おれが、やったのは、空中に伸びている欅の枝を掴むことだ。

柳龍光が、のけぞって、おれの蹴りをかわそうとする。

しかし、蹴らない。

つかんだ枝がたわんで、落下速度をゆるめたのだ。

どうだ。

タイミングをずらしてやった。

空中ブランコだったら、反則だ。

やられた方は、こっちの手を掴みそこねて落下するしかない。

柳龍光が、驚きの顔で、こちらを見あげている。

鼻が、左にひん曲がっている。

鼻の穴から、どろどろの血が流れ出している。

枝から手を離す。

柳龍光の顔面に、左の蹴りを——

入った。

おれは着地する。

柳龍光は、転がって距離をとり、右腕をついて、顔をあげていた。

どうだ。

左に曲がっていた鼻が、右に曲がっている。

凄い面相《めんそう》じゃないか。

でも、どうしたんだ。

そんな顔にされて、何故、まだ笑ってるんだ。

「いいねえ、いいねえ、無門くん！」

白い歯を見せた。

その白い歯に、赤い血がからんでだんだら模様になっている。

「ああ、鼻骨《びこつ》が折れちゃったよ」

柳龍光は、左手で鼻を掴み、
みりっ、
と、その曲がりをもとにもどした。

「なんて幸せなんだろうね、わたしは……」

柳龍光が立ちあがる。

「神に感謝しようか。それとも、松本太山に感謝しようか。こんなに凄い相手にめぐりあわせてくれたことにね——」

少し、鼻声だ。

鼻の穴に、どろどろの血が詰まっているからだ。

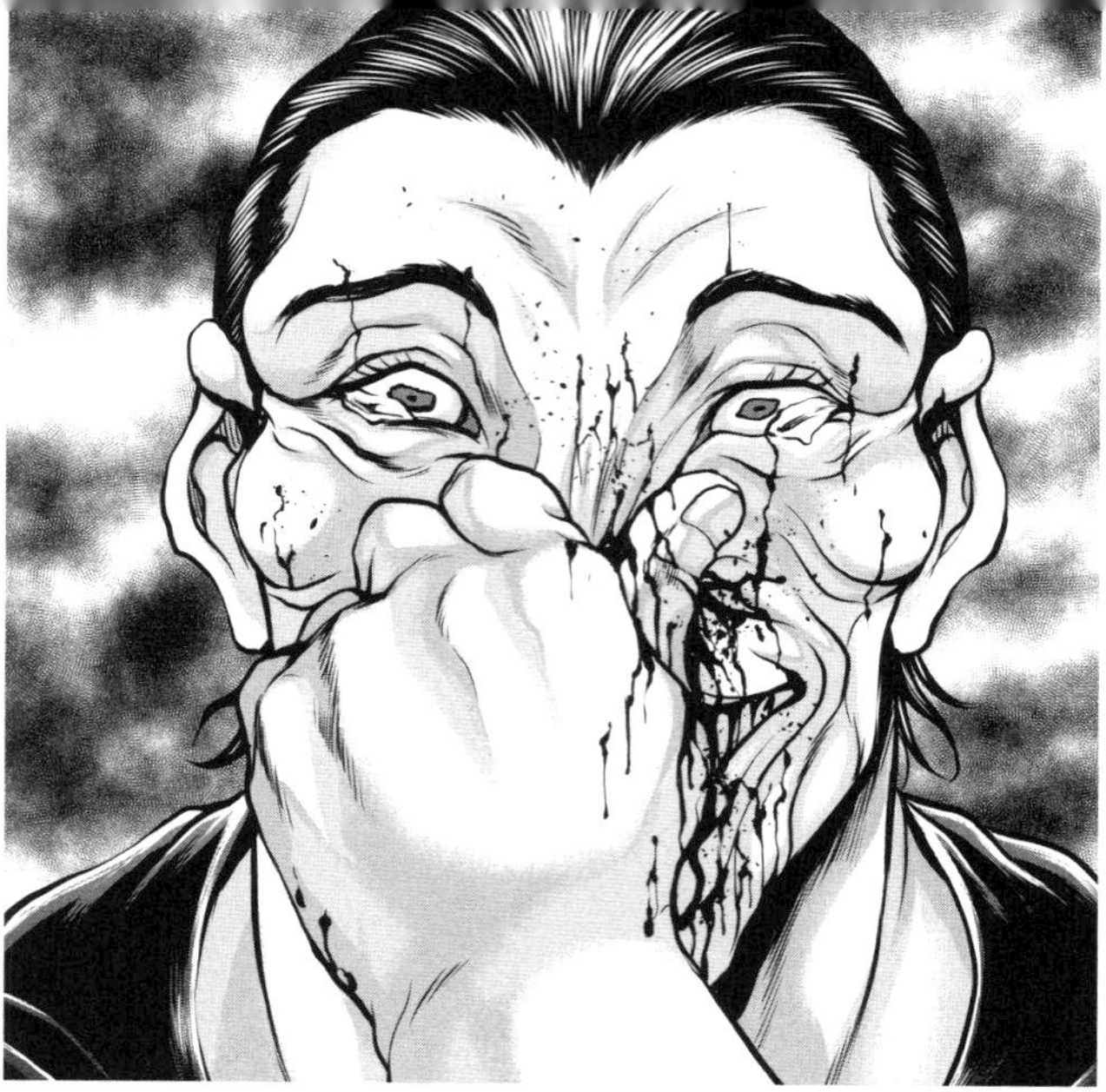

左右の鼻の穴に交互に指をあて、

ふん、

ふん、

鼻の穴から、血を飛ばして出した。

「さっき、きみの顔は、もう、死んでたよ。幸せそうな顔をしていたからね。死者が、あの世から呼びに来ると、人は、ああいう顔つきになる。もう、死んでもいい、おれはよくやった、よくがんばったじゃないか、おれ……」

そうか、そんな顔をしていたのか、おれは。

「あのまま、幸せなまんま、そこに倒れてしまえばよかったのにねえ──」

「何のこと?」

「後悔するよ、闘いが、また始まってしまったことにね──」

柳龍光は、優しそうな顔で、しかも、血みどろの顔で、微笑した。

「無門くん、一緒に地獄までゆこう……」

# 7

そもそも、いつのことだったっけ？

一歳か、一歳半か。

少なくとも、言葉を覚えるより先だったのは間違いない。

歩けるようになったのは、一歳になる前だった。


だから、その後だ。

サーカスで、玉乗りのガンさんのことを、裏から見ていたのだ。

もちろん、それが玉乗りというサーカスの出しもののひとつで、演《や》っているのがガンさんだったっていうのは、もっと後になって知ったことだ。

ガンさんが、玉の上に乗って、それを回しながら移動して、お手玉をやったり、輪を三つも上に放り投げて、

ジャグリングをやったりすると、お客さんが喜んで、手を叩いたり、声をあげたりするのがおもしろかったのだ。

そのガンさんの、腰の位置や、手の位置、足の動かし方を見て、ああ、あんな風に身体を動かせばいいのかって、そう思ったのは覚えている。

その頃は、誰でもみんな、ガンさんのように、玉乗りができるもんだと思っていたのだ。

だから、自分にもできるって、そう思ったのだ。

それで、誰もいない時に、テントの裏で、ガンさんの玉の上に乗ったのだ。

まだ、玉の方が大きかったので、椅子の前まで玉を転がしてゆき、椅子の上から玉の上に乗った。

最初はぐらついたけど、すぐに玉の上に立てるようになって、ガンさんの動きの通りにやったら、前に進んだ。

そして、後ろへ。

歩くのと同じだった。

そこへ、ガンさんがやってきて、

「何をやってるんだ、無門！」

声をかけてきたのだ。

でも、言葉の意味なんてわからないから、そのまま笑いながら乗っていたら、母親の津葉沙《つばさ》が飛んできて、やめさせようとしたのだ。

しかし、その時には、もうみんなが集まってきて、

「まあ、いいじゃねえか」

団長の水野《みずの》さんが、母親を止めたのだ。

もっとも、これは、あとで教えられたやりとりだったのだが、自分としては、みんなが悦《よろこ》んでいるらしいことがわかったので、ずっと、玉の上に乗り続けたのだ。

それで、二歳になる時には、玉の上で逆立ちをしたりすることもやるようになり、馬にも乗った。

走る馬の上で逆立ちをして、尻から馬の頭の上まで、手だけで歩いたりした。

「凄いぞ、無門」

みんなが喜ぶのが嬉しかった。

父親が、誇らしげに頭を撫《な》でてくれるのも嬉しかった。

自分が何かをやると、みんなが喜ぶ——それが楽しく

て、サーカスのことの、あれもこれもやるようになったのだ。

三歳の時には、空中ブランコにぶら下がり、四歳の時には、宙に飛んで、父親の手に空中でぶら下がることもできるようになってしまった。

自分の身体がおもしろかった。

この身体に、何ができて何ができないのか。

それを、試すのが楽しかった。

幼い頃にやった空中ブランコ——それが、肩と肩甲骨《けんこうこつ》の可動域を広げたのだ。

誰よりもうまく、誰よりも高く、誰よりも速く、誰よりも強く——自分の肉体が、一日ごとにやれる領域を広げてゆくのを日々体感する——それには、深い充足感があった。

いつからだろう——

その中に、誰よりも強くなりたいという思いが混ざるようになったのは。

何で、強くなろうとしたのか。

それは、わかっている。

あいつがいたからだ。

神《か》奈《な》村《むら》正介《しょうすけ》——

あいつから、母の津葉沙を守るためだ。

その後は？

松本太山——あの、大きな優しい山のような漢《おとこ》と出会ったからだ。

強くなると、

「いいなあ、無門」

太山が喜んでくれるのが嬉しかったのだ。

だから、強くなろうとしたのだ。

ああ——

少し違うな。

太山と出会っていなくとも、自分はこの道に足を踏み入れていたのではないか。

おそらく、神奈村正介と出会わなくとも、いつか、自分はこの道に足を踏み出したのではないか。

間違いない。

むしろ、その思いがあったからこそ、太山との結びつきが、より深くなったのではないか。

そして、稽古を重ねれば重ねるほど、技を覚えれば覚えるほど、その技が、技術が、魔性のものが憑《とりつ》いたように肉の奥に棲みついて、

〝おれを使ってくれ〟

〝おれを表に出してくれ〟

そのように、背骨を通話装置にして、肉の底から脳に語りかけてくるのである。

技とは、生き物のようであった。

その生き物は、使われたがっている。使用されることが、あらゆる技という生物のアイデンティティーなのだ。

そして、技は、心を犯してゆく。

技は、心を使って、背骨を通じて、眠っている時でも脳と対話をし続けているのである。

自分を使ってくれと。

人に対して試してみてくれと。

おそろしい、恐い技ほど、その声は低いが、脳をつかんでくるのである。

若い自分でさえ、そうなのだ。

柳龍光の肉の内部には、この妖怪の如《ごと》き生物がいったいどれだけの量棲んでいるのか。その生物のために、人は、その人格や一生までをも狂わされてしまうのではないか。

この柳龍光という男——この男も、これほどまでにな

るため、どれだけの稽古を重ねてきたのか。どれだけ研《けん》鑽《さん》を積んできたのか。

闘っているうちに、そんなものまで見えてきてしまう。

ただ飯を食って寝て、という日常を重ねていたら、みんなより強くなっていました——そんなことがあるわけはない。

それを、自分はよくわかっている。

骨や肉、内臓——ひょっとしたら、柳龍光、その脳まで、その妖怪がひしめいているのではないか。

が——

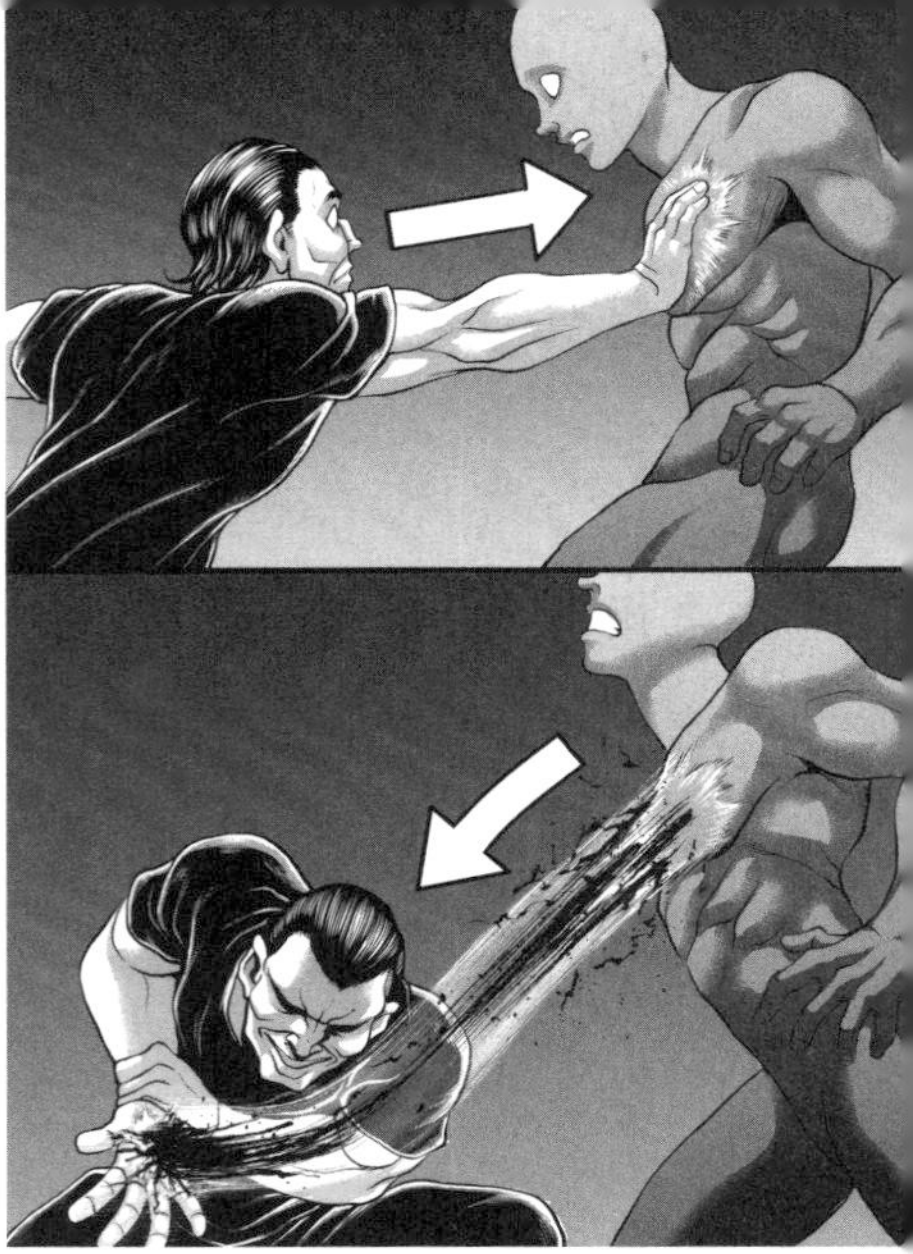

やりあっているうちに、わかってきたことがあった。

空掌だ。

空掌は、普通の打撃に比べて、ひと手間多いということだ。

当ててから、引く。

この引くという作業で、ひと手間多くなるのである。

当てられても、引かれるまでの間に、わずかに間があるのだ。その間に合わせて、引かれる方に身体を動かすか、柳龍光の吸いついてきた手の肘《ひじ》を拳で打ったり、色々、やれることがあるのである。

わかってみれば、むしろ、打ち抜いてくるシンプルな打撃の方が怖い。

大丈夫だ。

この、柳龍光という妖怪の速度に、おれはついてゆける。

しかも、その速度を追い越せるのではないか。

そんな気さえしてきた。

気持ちさえよくなってきた。

いったい、どういう脳内麻薬が出ているのか。

肉の奥が、むずがゆい。

肉に奥なんてあるのかと思っていたが、この感覚は、ある、としか言いようがない。

通常の肉と重なって、別の細胞、別の生命体のようなものが、今、息をしはじめているのである。

これまで、出会ったことのないもの。

感じたことのない感覚が、細胞の中に、別の次元から流れ込んでくるようであった。

それが、これまで、自分が感じていた痛み、傷、そういったものを癒してゆくようであった。

凄い。

肉が、活性化してゆくのがわかる。

わかった瞬間、それは、さらに加速した。

フウン……

という、加速音が、耳の奥で鳴ったような気がした。

耳か⁉

いや、脳で自分はこの音を聴いているのか。

フウウウウ…………ン………

疾い。

疾い。

柳龍光が繰り出してくる技が見えるのだ。

右の拳を避《よ》けて、左の拳を、柳龍光の腹にめり込ませてやる。

どうだ。

この距離では、近すぎて空弾を使う間がないだろう。

さあ、おいでよ、おじさん！

ついて来られるかい。

もっと向こうまで。

もっと深いところまで。

もっと。

もっと。

そこまでしか来られないの。

まさか。

「おいでよ！」

地獄の底までって、さっき言ったよね。

なに？

逃げるの？

ひとりだけ、浮きあがるつもりなの。

柳龍光の足を掴んで、より深い海の底まで引っぱり込む。

さあ——

こんなとこまで来ちゃったよ。

どうする？

遊ぼうよ、おじさん。

息が続く限り。

これから、この海の底で、おじさんとぼくしかできない、遊びをしよう。

## 8

糞。

このガキめ。

いったいどこに底があるのか。

さすがに、ビルの壁面からひっぺがされた時には、おれも驚いた。

だが、おれは、それをしのいだ。

一番やばかったのは、その時だ。

もう少し、壁面から身体を浮かせられていたら、おれもあぶなかった。

その後は、おれの手のうちだ。

どのくらい、この坊やがやるのか、それを見せてもらおうと思っていたのだ。

あの時は、おれは、この坊やを呑んでいた。

どうやって決着をつけてやるか、楽しみは勝つかどうかではなく、どのように勝つかだった。

そのはずだった。

そこへ、愚地《おろち》独歩《どっぽ》のやつが姿を現したのだ。

それで、いったん乱してやったはずの坊やの心が、もとに戻ってしまったのだ。

それならそれでいい。

この坊やをどう料理するか、それをあらためて考えることができるのだ。楽しみは何度あってもいい。

しかし、追い込んだと思ったら、そのたびにこの坊やは、考えてもみなかった技を仕掛けてきた。

御式内《おしきうち》。

逆《さか》立《だ》ち技。

布を使った騙しと攻撃。

そして、袖を使った攻撃。

マスター国松が教えたとしか思えない。

いったいどれだけの技の引き出しを持っているのか。

あの袖の攻撃は、あぶなかった。

しかし、いったんわかってしまえば、あとはかわすことができる。

そして、攻撃も加えることができる。

そうだ。

おれだって、色々やったのだ。

奴の心をいじってやった。

空掌で攻め、手袋に石を隠したり、今夜仕入れたばかりの空弾も使った。

それを、みんなしのいで、今、まだ、奴はおれの眼の前に立っているのである。おれに攻撃を仕掛けてくるのである。

驚いたことに、闘っている最中に、この坊やは強くなっているのである。

尊敬?

いや、畏怖《いふ》の念さえ覚えてしまう。

空掌も、毒手もない、隠し武器もない、生身のおれを、ついにここにさらけ出すことになってしまった。

おれは、ここで、人間がまっぱだかになった時に身につけているもののみで、闘うことになってしまった。

国松の道場を出て以来、初めてのことじゃないか。

生身で闘う――そのおれが、どれほどのものか、見せてやろう。

おれが、どれほどのものか、教えてやるよ、坊や。

おれは、負けるわけにはいかない。

それは、このおれは、この世のどんな男よりも努力してきたからだ。どんな奴よりも稽古をしてきたからだ。

今、この闘いを見物しているあの愚地独歩よりもだ。

そして、渋川剛気《しぶかわごうき》よりも。

あの、範馬勇次郎《はんまゆうじろう》よりも。

はっきり言っておくがね、おれは天才じゃない。

おれが、今、身につけているものは、生まれた時には持っていなかったものだ。今、おれが持っているものは、

生まれた後、努力によって身につけたものだ。

　正直に言っておけば、この性格だけはもともとおれであったとは思うがな。

　毒手を作る、千日《せんにち》、万日《まんにち》、毒の中に手を入れ、毒を混ぜた砂を叩き、突く。

　ただ、拳で巻き藁《わら》を叩くのとは違うのだ。

　おそろしい激痛と、発熱にみまわれる。

　そんなことができる奴がいるか。

　誰よりも強くなりたかった。

　それは――

　負けたくなかったからだ。

　いいか、努力すればするほど、負けたくなくなるんだ。

　こんなに努力して、こんなに辛い思いをして、女を断ち、うまいものも喰わず、十年、二十年、この坊やの一生よりももっと長い時間、おれは勝つための努力をしてきた。

　それは、負けたくなかったからだ。

　負けたら、その十年、二十年が無駄になってしまうからだ。

　そんなことがあってたまるか。

　だから、おれは、人の弱点を見抜く術も磨いてきたのだ。

　声をかける。

　その時、相手がどんな反応をするか、瞳孔《どうこう》がどれだけ開くか、呼吸の速さがどれくらいになるか、それを観察するんだ。

　おれは、相手の瞳孔の直径が、〇・二ミリだって大きくなれば、それがわかるんだ。一回の呼吸の量が、五ミリリットル増えたって、減ったって、それがわかるんだ。

　いいか、本当の隠し武器ってのは、手に持たないものだ。

　心の中に持つものだ。

　だから、この世には、汚い手、卑怯な技術というものは存在しないのだ。

　よく効く技術とそうでない技術があるだけだ。

　敗北は、その人間の全否定だ。

そうならないために、努力をし抜く——それが、このおれにはできるのだよ。

そして、努力すればするほど、がんばればがんばるほど、さらに負けたくなくなるのだ。

そのかわり、絶対にそうなりたくないという敗者になることに、ふっ、と焦《こ》がれることがある。

国松には、あこがれたよ。

入門するのを決めたのは、あいつの演武を見ていた時だ。

しかし、演武を見たから決めたんじゃない。

あいつの姿、あいつの顔、あいつの笑い方を見て、決めたんだ。

あの身体の中に、ぎっしりと暗黒が詰まっているのを、おれは見た。

そして、その暗黒の中に、化物というのか、もののけというのか、妖怪とでもいうのか、そういうものがうようよとひしめいているのを見たのだ。

その国松に、強烈にあこがれたのだ。

入門しに行った時のことは、まだ覚えている。

「どうして、空道に入門したくなったのかね？」

国松にそう訊《たず》ねられた。

「あんたみたいになりたいんだ」

正直におれは言った。

あんたのように、自分の身体の中に、化物を飼ってみたいんだ。

すると、国松は、二分、黙って凝《じっ》とおれを見つめ、

「なれるよ、キミ……」

そう言ったのだ。

ヒアヒアヒアヒア……

と嗤《わら》って、

「なって、ワタシを超えなさい。でも、失敗したら、キミ、死ぬからね」

そう囁《ささや》いたのだ。

「教えておくけど、このワシの身体の中にいるものは、ワシの身体を喰うんだよ……」

そしてまた、あの声で嗤《わら》ったのだ。

ヒアヒアヒアヒアヒアヒア……
その声が、今も耳の奥に残ってる。
ま——
おれは、死ななかったけどね。
そのかわりに、国松を殺しそこねたけどね。
だから、まだ、おれたちは終わっていないんだ。
どこかで出会ったら、その瞬間に始めなきゃいけないんだよ、おれたちはね。
こいつは、ドブにだって捨てられない本音のところだ。
正直言えば、国松のことは怖い。
だから、喰ったんだ、あいつの腕をね。
それにしても、何を考えてるんだ。
このおれは。
闘いの最中だってのに、国松のことなんて考えてどうする。
それにしても、疲れた。
きみの動きが、あまりに速いもんだから、ついてゆくのがやっとだよ。
体力がどんどんなくなってゆくのがわかる。
身体が、泥でできているように、自分のかたちを保っていられない。
どうやら、おれは、打たれているらしい。
打たれるたびに、息と、力を外にはじき出されている。
身体の中に、妖怪は何匹残ってる？
骨の中に、まだもののけは棲《す》んでいるか。
楽しいね、これは。
たぶん、おれは、これを楽しんでいる。
もしかしたら、あと数歩先に、敗北があるのかもしれない。
そう思うと、ぞくりと、背に何かがこみあげてくる。
敗北？
ぞくり……
敗《ま》ける？
このおれが？
ぞく……
甘美《かんび》な、女神の細い指先が、おれの背に触れている。

敗北は、死だ。

もう、たぶん、残っている力は、あと一滴か、二滴……

それを使いきったら、もう、おれは何もできないだろう。

しかし、それを恐れて、おれが闘うことをやめると思ったら、大まちがいだよ、坊や。

そんなに、人の身体を叩くもんじゃない。

くすぐったいじゃないか。

肉の底の底にまだ残ってるもののけが、いやがっている。

いや、いやがっていないか。

悦《よろこ》んでいるのか、そのもののけは。

こんなもののけが、自分の身体の中にいたなんて、おれは知らなかったな。

坊や。

きみがいけないんだよ。

こんなやつがいることを、おれに教えてしまうなんて。

そんなに、腹にいいのを入れられたら、このもののけが、もっと喜んでしまうじゃないか。

みちっ……

と、音がする。

みちっ、
肉の底で、何かが裂ける音だ。

頬《ほお》に、がつん、といいのを入れられて、意識が飛んだ。

その瞬間、おれの中で、何かがくるりと裏返った。

もう、一滴だって体力なんて残っていなかったはずなのに、汚泥《おでい》の中からぬれぬれと羊水《ようすい》にみずみずしく濡れた裸の赤ん坊が、そこに生まれていた。

おれが、おれを産んだのだ。

最後のもののけの一匹が、おれを喰いちらかしたあげくに、そこに召喚《しょうかん》されてしまったのだ。

ああ、いい気持ちだ。

なんてきれいな月だろうね。

「ほぎゃあああああっ！」

それが、哭《な》いた。

おれの肉の中から、そいつが天の月に向かってひしりあげた。

「ほぎゃあああああああっ!!」

知らないよ。

どうなっても……

## 9

音よりも速く。

感覚的にはそうだ。

もう、考えていない。

肉体が勝手に動いているのだ。

ふおん………

ふおん………

自分の身体の奏《かな》でる音速の音色が響くだけだ。

自分の肉体が、楽器になったようだと無門は思っている。

今、自分は、その音色を楽しんでいるだけだ。

初めての境地だった。

こんなに自在に自分の肉体が動くのか。

この場所まで来ることができたのは、この柳龍光のおかげだ。

自分ひとりであったら、とてもこんな場所にまではたどりつけなかったろう。柳龍光が、おれの手をとって、ここまでつれてきてくれたのだ。

きっかけはあった。

サーカスだ。

欅《けやき》の枝を掴んで、落下のタイミングをずらしてやったのだ。空中ブランコの体験で、骨の髄まで染み込んでいる技術だ。

それが、自分を救ったのだ。
自分の肉体から、重力が消えている。
重さのない、速度だけの存在になってしまったようだ。
ふおん…………
ふいいいい………
柳龍光の眼が、死にかけている。
死んだ魚の眼だ。
勝てる。
その思いが、湧きあがる。
この妖怪、柳龍光に。
その思いを、ふり払う。
勝利したと、思ったその時に、油断が生ずるからだ。
しかし、今の柳龍光を見ろ。
ふらふらじゃないか。
胃液をまきちらし、逃げまわっている。
がらあきの腹が見えた。
そこへ、蹴りだ。
渾身の力を込めた、爪先蹴り。

スニーカーが、踝《くるぶし》まで腹にめり込んだ。
「おはあっ！」
柳龍光が、白眼になる。
勝った⁉
歓喜が、背にふきあがってくる。
次は、右のストレートを、柳龍光の顔面に——
それを入れようとしたその瞬間、無門は動きを止めていた。
ぞくり、と、背に冷たいものが疾り抜けたからだ。
意志ではない。
本能だ。
本能が無門の動きを止めたのだ。
もしも、次の攻撃を加えにいったら、とても怖い目に遭いそうな予感がしたからだ。
柳龍光は、前かがみになって、両手で腹を押さえたまま、動けない。
どこに何を当てても、もう、柳龍光は倒れるしかない。
そのはずだった。

しかし、何か、とてつもなくこわいものが、柳龍光の肉の中に生じたのである。

みしり……

という、背骨の折れ曲がるような音が、確かに柳龍光の肉の中でしたのだ。

そして、
みちっ……

という軋《きし》み音。

みちっ…………………

みちみちみちみち……

柳龍光の肉体の中で、次々に細胞がはじけてゆく音だ。

確かに聴こえた。

柳龍光の肉体の中で、何かが産み落とされたのがわかった。

柳龍光が、自分自身で、自分の内部に自分自身を産み落としたのだ。

腹を両手で押さえ、前かがみになっていた柳龍光が、わずかに顔をあげて、無門を見た。

その眼が、真っ赤に染まっていた。

そして、柳龍光は、背を伸ばして立ち、顔を天に向けて、哭《な》いたのである。

「ほぎゃあああああああああっ!!」

赤ん坊の泣くような声であった。

「ほぎゃああああああああっ!!」

天に向かって、柳龍光は、ひしりあげたのである。

柳龍光は、顔をあげた。

その顔は、笑っていた。

そのあげた顔の、なんとちょうどいい高さにあることか。

そこへ、右の拳を叩き込めば……

しかし、なお、無門は動けなかった。

「無門くん……」

柳龍光が言った。

「わたしを殺してくれないか?」

え?

何?

ころす？

「わたしを殺してよ、無門くん……」

なんだって。

「殺してよ、無門くん。きみの、ありったけの勇気をつかって、わたしを殺してくれないか。それこそが、真の敗北だから……」

その言葉を言い終えた柳龍光の顔面に、蹴りを入れてやる。

しかし、柳龍光は倒れない。

「ダメだよ、無門くん、そんなんじゃ。あとひと息なんだから。頼むよ、無門くん……」

もう一発。

「ダメダメ、それじゃあ、人は倒れないよ……」

もう一発！

もう一発！

「ぬるい！」

柳龍光は、怒ったような声をあげた。

次に、なんともやるせない顔で無門を見る。

「無門くん、わたしを食べてほしいんだよ……」

もう一発。

もう一発。

もう一発。

柳龍光は、倒れない。

「ね、ぼくを食べてちょうだい！」

声がうらがえった。


柳龍光が、哀願した。

切なそうに身をよじり、腰をくねらせて、前へ、一歩、出てくる。

「ね、ぼくを食べて――」

無門は、一歩、退がった。

「食べてよ」

柳龍光が、一歩出てくる。

無門は、退がる。

「なんで退がるの、なんで逃げるの、無門くん。あとちょっとなのに、あと少しなのに……」

退がりたくて退がっているわけじゃない。

全身が、冷や汗でずぶ濡れになっている。

たまらない恐怖が、背に張りついている。

柳龍光は、喰われたのだ。

自身を自分の肉の内部に棲んでいた妖怪に。

そして、柳龍光は、妖怪そのものになってしまったのだ。

そうでなければ、どうして、あのような歩き方ができるのか。

どうして、あんなに歪《いびつ》な足の踏み出し方ができるのか。

背骨が、あんなにねじくれている。

あの笑みは、もう、人間じゃあない。

そして——

「食べて！」

さっきまで柳龍光であったものが、いきなり疾《はし》った。

おそろしく不気味な速度で。

無門は、崩壊寸前だった。

精神が、散りぢりになって、消えてしまいそうだった。

逃げていても、おかしくなかった。

しかし——

もしも逃げていたら、仮に生きながらえたとしても、もう、二度と、自分は、闘いのために、どのような人間の前にも立てなくなってしまうであろう。

いや、その行為は、もしかしたら、逃げる、という動きであったのかもしれない。ただ、その逃げるという行為が、たまたま、前——柳龍光のいる方向だったのだろう。

そうとしか思えない。

「おきゃあああああっ‼」

そんな声が、自分の喉《のど》から迸《ほとばし》っていることなど、もちろん、無門にはわからなかった。

逃げたら、たまたま眼の前に柳龍光がいたのだ。

夢中で、柳龍光の顔面に、右の拳を叩き込んでいた。

何本かの歯をへし折って、拳が、半分柳龍光の口の中

に潜り込む。

ウヒアヒアヒアヒアヒア……

ウヒアヒアヒアヒアヒア……

どこかで、マスター国松が高嗤《たかわら》いをしている。

拳に、柳龍光が、噛みついてきた。

おもいきり、拳を引き抜く。

柳龍光の上下の前歯が、引き出された拳に突き刺さっている。

その瞬間——

どん、

腹を打たれた。

めりっ、

がつん、

腹、頬《ほお》、胸を、立て続けに打たれていた。

まだ動くのか、柳龍光。

めきゃっ！

頭突きを、鼻頭に受けた。

意識が飛ぶ。

その、消えかけた意識の中で、国松が嗤《わら》い続けている。

そして、消えかけた意識の中に、もうひとつ、聴こえてくる声があった。

「息子よ……」

なんとも優しく、太い声——

松本太山の声であった。

## 10

無門は、仰向けになって、夜の桜を見つめている。

風もないのに、
はらはら
ひらひら
花びらは無門の上に注いでくる。

無門の腹の上にも、顔の上にも花びらは散りかかる。

時おり、風が吹くと、花びらが横に流れてゆく。

風に吹きあげられ、夜の天にさらわれて、見えなくなってゆく花びらもある。

いずれにしろ、花びらの一枚ずつひとつずつが、どこに流れ、どこに落ちて、どうなってゆくのかわかるものではない。

しかし、わかっていることはある。

それは、どちらにしろ、それが大きなこの動く天地の循環のひとつだということだ。花びらは落ちた場所で、枯れ、朽ち、やがて土にかえってゆく。土の養分となって、花びらはまたいつかこの樹に吸いあげられ、再び花びらとなるのかもしれない。

いずれにしろ、それは、この宇宙の相《そう》の、一瞬の光景だ。その花びらもまた、ずっとその枝にとどまり続けるわけではない。この宇宙に、とどまり続けることのできるものなど、何ひとつないのだ。

無門は、桜を見あげながら、そんなことを考えている。

稽古で生まれた熱が、背から土の中に奪われてゆく。

火照《ほて》った身体に、風と土の冷たさが心地よかった。

横に仰向けになった、松本太山の胸が、ゆるく、大きく上下している。

山が呼吸しているようであった。

十日ほど前、太山が、放華《ほうげ》によって、満開にしてしまった桜だ。

その桜が、他の桜よりも先に散ってゆくのである。

「動くなあ、桜が……」

太山がつぶやく。

動く？

桜が？

しかし、無門にはわかった。

太山は今、桜が動くと口にしたのだが、この天地のことを言っているのだと。

「誰にも止められるもんじゃねえ……」

太山は、いったい誰に向かって言っているのか。

己自身に対して言っているのか。

「おれは、この桜を早く咲かせたが、それは、この自然《じねん》の動くものを、ほんの少し、急がせただけだ。散るのを止められるわけじゃねえ……」

後になって、少し、わかった。

あの時、太山は、娘のこずえのことを考えていたのだ。

「なあ、無門よ。おれたちは、あの桜の花びらだ。散ってゆく途中で、ほんのちょっと触れあった。そして、別々のところへ散ってゆく。しかし、触れあった……」

「はい」

「それほどの縁でしかないが……」

「――」

「おまえは、おれの息子だ」

太山は、あの時、確かにそうつぶやいた。

その声が、耳から入ってきて、ひどく身体が温かくなったことを覚えている。

もちろん、今も……

## 11

柳龍光の、どこに関節があるのかわからない。

どこに骨があるのかわからない。

どこに内臓があるのかわからない。

どこに脳があるのかわからない。

どこに心があるのかわからない。

柳龍光は、古代の地球に棲《い》きた原生動物のようであった。人の姿をしているが、人ではない。

三っつの本能だけで動く生き物だ。

ひとつの本能は、捕食すること。

もうひとつの本能は捕食されないこと。

もうひとつの本能は生殖すること。

その三っつだけが、人の姿をしている。

どんなに打っても、弱らない。

どう叩いても、動いてくる。

狂いそうになる。

きききききききき、

くえくえくえくえ、

嗤《わら》っているのか、攻撃のための威嚇《いかく》の声なのかわからない。

わかっている。

これは、松本太山が見なかったものだ。松本太山が、引き出さなかったものを、自分が引き出してしまったのだ。

「食べて……」

「食べてくれないと、終わらないよ……」

「ふたつの生き物が出会ったら、食べるか食べられるか」

「それ以外に決着はないよ」

柳龍光の股間《こかん》が、大きく膨《ふく》らんでいるのがわかる。

なんということか。

今、三度も、連続して顔面を叩いてやったのに、柳龍光は、しがみついてきた。

「無門くん、わたしを救ってくれないか――」

柳龍光のその眼から、涙がこぼれていた。

柳龍光は泣いていたのである。

そして、泣きながら巻きつくように無門の身体に両腕をまわし、喉《のど》に噛みついてきた。

ぢゅうっ！

ぢゅううううっ！

吸血蛭《きゅうけつヒル》のように、血を吸おうとした。

しかし、吸えなかった。

さっき、上下の前歯を折ってやったので、歯で肉を噛み破ることができないのだ。

が——

動けない。

もう、ここまでか。

どうしたらいいのか。

このままでは、自分の精神が崩壊する。

その時、声が聴こえてきたのだ。

息子よ——

松本太山の声だった。

〝おまえは、おれの息子だ〟

優しい、温かい声。

散る桜をふたりで見あげている時、太山が、少し恥ずかしそうに、しかし、しっかりと、力強くそう言ったのだ。

その声が、太い光となって、無門の肉の奥に点《とも》った。

その温度。

その響きが、届いてきた。

おい、まさかそれで終わりじゃないんだろう？

もうひとつ、声が聴こえた。

どこかで聴いたことのある声だ。

ああ、そうだ。

愚《おろ》地《ち》独《どっ》歩《ぽ》だ。

自分にとっては、三人目の父親の声だ。

しかし、そんなことを、今、この闘いを見ている愚地独歩が口にするはずもない。

ならば、これは、愚地独歩の心の声か。

それが聴こえたのか。

それに答えなくてはいけない。

まだだよ。

これで終わりなんかじゃない。

やることは、ある。

それを、今、思いついた。

残った力の全てをふりしぼって、それをやる。

これが、最後になってもいい。

呼吸をする。

力を込める。

その力で、肉をパンプアップさせる。

いいぞ。

できる。

肉を限界まで、膨らませる。

それが、原生動物の腕の力の輪を押し広げる。輪の直径で言えば、二センチか、二センチ三ミリ。

その瞬間に、力を抜く。

輪が一瞬緩む。

それで充分だった。

脱力して、腰を落とす。

脱出。

背に回り込んで、後ろから、柳龍光の身体に抱きつく。

桜の幹に抱きつくように。

あの時、松本太山がやったように。

その時、信じられないことがおこった。

柳龍光の首が、ゆっくり回転してきたのだ。

ぎりぎりぎり、

みしみしみし、

音をたてて、首が回転し、柳龍光が後ろを振り向いたのだ。

ぞっとするような光景だった。

「無門くん……」

無門のすぐ眼の前で、柳龍光が、軟体動物の顔で嗤《わら》った。

「やっと、ぼくを食べてくれるんだね……」

ゆけ！

放華《ほうげ》だ。

柳龍光の身体の中に、自分のありったけの気を注ぎ込んでやる。

さあ、入ってゆけ。

もっと、もっと、もっと——

柳龍光の体内に、気が注ぎ込まれ、それが満ちてゆく。

何かが抵抗している。

柳龍光の肉の中に棲《す》む妖怪だ。

柳龍光が、子供の頃から育ててきた魔物の本体だ。
出てゆけ。
欠《か》けらも残すな。
みんな。
全部。
柳龍光の耳の穴から、黒い煙のようなものが出てきた。
次が、鼻だった。
次が、口だった。
その煙が、だんだんと濃くなってゆく。
そして、ついに、全身の毛穴という毛穴から、その黒いものがもやもやと出てくる。
常人の眼には見えないが、無門の眼には見えた。
今、柳龍光の肉体から、妖怪が抜け出てゆくのである。
こちらを見ている柳龍光の眼が、恍惚《こうこつ》となっている。
その眼が、ふいに、白目になり、
「あうんっ！」
声をあげた。
柳龍光の身体が、腕の中でびくんびくんとたて続けに

震えた。
射精したのだとわかった。
柳龍光の首が戻ってゆく。
腕を解《と》き、無門は、背後から柳龍光の頭部を両手で挟んだ。
放った。
無寸雷神《むすんらいじん》！
無門は、静かに大気を呼吸しながら、柳龍光を見下ろしていた。
ようやく、荒かった呼吸が、整いつつあるところだった。
柳龍光は、両眼を開いたまま、仰向けになって倒れている。
その眼球に、空の月が映っている。
手足の生えた、黒い爬虫類《はちゅうるい》——そんな風に見える。
ようやく動かなくなった、古代の生命体——しかし、いつまた動き出すかわからない。

念のために、三歩ほど退がる。

自分は、勝ったのか、この生物に？

どうやら、そうらしい。

だが、自分ひとりで勝った、そんな気がしていない。

何ものかに、勝たせてもらった——そんな気がする。

松本太山か、父か、母か——あるいは国松や、神野仁、羽鳥薫、神奈村狂太、愚地独歩、そういう名前も心の中に浮かんだ。

その時、背後に、優しい温度を持ったものが立つのがわかった。

左肩に、重い、分厚い右手がのせられた。

「やったな……」

声が温かい。

愚地独歩が、無門の左側に立った。

「あなたのおかげです」

「よせやい。おれは、何もしちゃあいねえよ。ただ見物していただけだ」

そんなことはない。

あの時、この武神が現れなければ、自分はこの柳龍光の腹の中に呑《の》まれていたところだ。

そう言おうとしたのだが、愚地独歩の声に遮《さえぎ》られた。

「無寸雷神、話にゃ聞いちゃいたが、見るのははじめてだ。誰にでもできるもんじゃねえ。凄《すげ》えな、坊や……」

愚地独歩は、無門の左の肩甲骨《けんこうこつ》のあたりを拳で軽く突き、

「もしも、これを、拳ひとつを打ち込む速度でやれたら、あの、地上最強の生物だって、倒れるだろうよ。いいものを見せてもらった……」

そうつぶやいた。

「地上最強の生物？」

「いるんだよ、そういう生き物がな」

何だろう。

何のことだろう。

「おい、坊や。あんた、こいつの毒手に何度も打たれていたな」

「はい」

「なんとかしておかねえと、そのうちに、柳の毒が、全身にまわるぜえ。おれが、こいつで身体の外に叩き出してやろうか?」

愚地独歩が、右拳を持ち上げた。

「だいじょうぶです」

無門は、両手を胸の前で合わせ、眼を閉じ、

「むん……」

自身の身体に放華《ほうげ》を放った。

十秒、二十秒、六十秒……

無門の胸、腹、背、腕、首、顔——全身の毛穴から、黒い汗が滲《にじ》み出てきた。

柳龍光によって、体内に入れられた毒が、汗と共に出てきたのだ。

たっぷり三分、それをやって、無門は眼を開いた。

「これで、大丈夫です」

「器用な坊やだな」

愚地独歩がそう言った時——

ふいに、笛の音が鳴り出した。

龍笛《りゅうてき》だ。

そして、何かを叩くような音。

〝ゆうえんち〟の終園か?

そうではない。

まだ、深夜をまわってはいるだろうが、朝にはなっていない。

終園の合図は音楽ではなくサイレンのはずだ。

舞楽《ぶがく》だ。

それが、あちこちにあるスピーカーから、流れてきたのである。

「来るぞ、奴が……」

愚地独歩が言った。

「奴?」

「蘭陵王《らんりょうおう》だよ」

愚地独歩は、嬉しそうに笑った。

# 終《つい》の巻《まき》
## 蘭《らん》陵《りょう》王《おう》異《い》聞《ぶん》

# 脇《わき》田《だ》純《じゅん》一《いち》郎《ろう》巡《じゅん》査《さ》は語《かた》る

そうですよ。

朝でしたよ。

まだ、陽が差してくる前でしたね。

だから、寝てたんですよ。

交番でね。

小便に起きたら、眠れなくなっちゃって。

だから、下はパジャマで、上はTシャツですよ。

相方の杉本《すぎもと》はまだ眠ってましたね。

だから、杉本のやつは、その姿を見てないんですよ。

その姿って、柳龍光のですよ。

まだ、制服を着てないから、人眼に触れるようなことは避《さ》けなくちゃいけないんだけど、なんだかその時は、妙になんか気になっちゃって、派出所の奥にあるドアをちょっと開けてさ、派出所内っていうか、交番内を見たってわけですよ。

そうしたら、いたんですよ。

柳龍光がね。

交番内の床に、倒れてたんですね。

最初は、死体かと思いましたね。

だって、身体が変な格好にねじくれていて、仰向けになったまま、動かないんですもん。

びっくりですよ。

誰かが、事故で死んだ人間を、うちの交番に捨てていきやがったんじゃないかって思いましたよ。

でも、そうじゃなかった。

死んでるんだと思った奴の左眼が、いきなり開いたんですよ。

ぎろっ、

って、わたしを睨《にら》んだんです。

震えあがりましたね。

そうしたら、くねくねと、イカかタコみたいに、身体をねじりながら起きあがって、椅子に腰を下ろしたんですよ。

けっこうしんどそうでしたね。

「あ、あんた……」

「柳龍光……」

その漢《おとこ》は、ちょっとハスキーな声で、そんなことを言うんだよ。

見覚え？

ありましたよ。

だって、毎日、その顔、見てたんだもん。

でも、見覚えあるけれど、すぐには、こいつが誰だかわかんなかった。

ホントですよ。

だって、まさか、柳龍光が交番に、自分の勤務している交番にいるなんて、思わないからさあ。

で、柳龍光が、

「そこに貼ってあるだろ」

って、右手を持ちあげて、

「ほら、そこ……」

って、指差したんですよ。

そしたら、そこの壁に、貼ってあったんですよ。

指名手配中の人間の顔がね、そこにある。

ていねいに、その写真の横に、

「極めて危険」

わざわざ書いてある。

「柳龍光」

という名前まで。

毎日、見てたんだけど、でも、こりゃあ、わかんないよね。

なんで⁉

なんで、このシトここにいるの⁉

⁉

⁉

わかんない。

「わたしを、逮捕してくれ……」

そんなこと言うのよ、柳龍光がさ。

「一番丈夫な檻《おり》を用意して、そこへぶち込め。誰も入ってこられないような、頑丈なやつをたのむ。そこで、ちょっと、休ませてもらいたいんだ。今のまんまじゃ、あっちこっちの組のヒットマンにねらわれたら、やられちまうからな……」

何が何だか、何を言ってるのか、わかりませんよ。

「心配するな。元気になったら、勝手に出てゆくから……」

「ひゃ、ひゃくとおばん⁉」

今でもね、なんてバカなこと言っちゃったんだって、思いますよ。

交番なのに、そこから一一〇番って——

「十代だよ。まだ、十代のガキに、やられちまったんだよ」

柳龍光は、前歯のない唇を開いて、にいっ、て笑ってね。

「でも、わたしは、まだ、喰われてない。だから、まだ負けてないんだ。そうだろ?」

わけのわかんないこと、つぶやき続けてるのよ、柳龍光がさあ。

「だから、元気になったら、わたしを食べてくれる奴を、探さなきゃあ。だってさあ、あのこ、わたしを食べてくれなかったんだもん……」

そこまで言って、眼を閉じ、柳龍光の奴、そこで、椅子に座ったまま、眠っちまったんですよ。

ですから、すぐに、本部に連絡しましたよ。

それで、いっぱい警官がきて、あの漢、柳龍光を連れてっちゃった。

でも、ついこのあいだ、柳龍光、檻から逃げちゃったって——

たぶん、身体がなおったからじゃあないの。

それで、自分のこと、食べてくれる人、探しに行ったんじゃないかなあ。

## 1

最初は、笛の音《ね》であった。

闇の中に、雅楽《ががく》の龍笛《りゅうてき》の音《ね》が、ふいに響いてきたのだ。

高い、澄んだその音《ね》が、月光の中に光り、青い刃物のような色を見せて、いずこからか蛇のように滑り出てきたのである。

そして――

トン……

トオン……

トン……

トオン……

という鞨鼓《かっこ》の音《おと》が、龍笛の音《ね》に重なった。

さらに、その音に被さるように、笙《しょう》と篳篥《ひちりき》の音《ね》が響く。

〝ゆうえんち〟の建物の陰や、木立《こだち》の陰に隠されて設置されているスピーカーから、その楽《がく》の音《ね》が流れ出てきたのである。

さらに、その音《ね》に、鉦鼓《しょうこ》と太鼓《たいこ》の音《おと》が加わった。

舞楽《ぶがく》「蘭陵王」が舞われる時に演奏される雅楽の曲であった。

愚地独歩に言われて、無門も思い出していた。

無門は、入園前に言われていた。

もしも、〝ゆうえんち〟の主催者である蘭陵王が、自ら入園したくなった時には、この曲が流れるのだと。

それで、〝ゆうえんち〟の闘いに、蘭陵王が参加することになるのである。

しかし、先に入園して闘いを始めている者が、これだと圧倒的に不利になる。

だから、蘭陵王の入園については、ひとつのルールが定められている。

通常の入園者は、五百万円の所持が求められるのだが、蘭陵王の場合は、その額が二億円になる。しかも、先に入園した者には、蘭陵王との闘いについてのみ、拒否権があるのである。

蘭陵王が目の前に現れて、勝負を挑んできても、その闘いを拒否していいのである。蘭陵王と闘いたい者や、二億円が欲しい者だけが、闘えばよいのだ。

ほどなく、曲が止んだ。

「蘭陵王め、どこに姿を現すかだが……」

そういう独歩の唇に、白い歯が覗いている。

どうやら、愚地独歩は、この状況を楽しんでいるらしい。

「もしも、蘭陵王がここに姿を現したら、愚地先生は、闘うのですか？」

無門が問う。

「答えるまでもなかろうさ」

言い終えぬうちに、愚地独歩の右の眉が、きゅうっと吊りあがる。

「来た……」

ぐりっ、と愚地独歩のふたつの眼球が動いて散眼《さんがん》になる。

四方へ散った、愚地独歩の黒眸《くろめ》が、ゆっくりともとへもどって、闇のひと隅に向けられて止まった。

しばらく前、柳龍光が壁面に張りついていた、相模《さがみ》オリエンタルランドのビルの角のところだ。

そこから、人影が姿を現したのだ。

街灯からは遠いが、月の光を加算すれば、充分に人影を認識するだけの明るさはある。

ほのかに、黄金色《こがねいろ》を放つその姿。

その人影は、蘭陵王の舞楽面《ぶがくめん》を顔につけていた。

うっそりと、蘭陵王は、その場に立ち止まり、こちら

を見ている。

それが、わかる。

動いてない。

が、しかし――

動いていないはずなのに、その姿が、ゆっくりと確かにこちらに近づいてくるのである。

だが、蘭陵王は、動くための動作をやってないのだ。

にもかかわらず、蘭陵王は近づいてくるのである。

まるで、足の裏に小さな車輪のようなものが付いていて、その車輪が回転しているかのように、どのような動作もなしで、蘭陵王はせまってくるのだった。

距離、七メートルほどのところで、蘭陵王は静止した。

「黄《ホアン》……」

蘭陵王の仮面の下から声が洩れると、

「は……」

という声が、無門と独歩の背後から聴こえてきた。

「柳龍光をかたづけよ」

蘭陵王が言う。

「は」

という声の方を振り向くと、そこに、あの黄海王《ホアンかいおう》が立っていて、柳龍光の身体を担ぎあげた。

「では――」

そういう声が聴こえて、柳龍光を担いだ黄が動き出した。

ほどなくその姿が消え、柳龍光が倒れていたその場所に、一千五百万円の札束が積みあげられていた。

「おまえさんのもんだぜ」

愚地独歩が言う。

「いりません」

無門は言った。

「欲のない坊やだな……」

これは、愚地独歩が言った。

「それを、受け取りたまえ」

そう言ったのは、蘭陵王であった。

「でないと、厄介なことになるよ」

しばらく前に、黄が口にしたようなことを、蘭陵王は言った。

「厄介なこと？」

「そうだよ」

「どんなことですか？」

「それは、わたしの口からは言えないね」

蘭陵王がそれを口にした時、その背後から、ふたつの人影が姿を現した。

黒ずくめの漢《おとこ》、久我《くが》重明《じゅうめい》。

そして、蛟《みずち》黄金丸《こがねまる》であった。

「おやおや、みんなお出ましかい……」

愚地独歩の声は、悦びではずんでいる。

「何度か、会ってるかね」

久我重明が、黒い息を吐きながら、黒い声で言った。

「言葉を交わすのは、今夜が初めてだろう」

愚地独歩が言う。

「今夜、もうひとつ、初めてのことが起こるかね」

久我重明の顔に、黒い笑みが点《とも》った。

「おう、いいねえ」

「駄目だよ、今夜は、久我さんは参加してないんだから――」

黄金丸が、静かに久我重明をたしなめる。

「それは、〝ゆうえんち〟のルールだろう。おれのルールは、違う」

「暗器《あんき》の重明、嬉しいことを言ってくれるじゃねえか――」

愚地独歩が、にいっ、と笑う。

「だとするなら、ぼくも参加しちゃったって、いいってこと？」

黄金丸が、わざと無邪気に言った。

「いいんじゃないの、坊や」

愚地独歩が言う。

「勝手に話を進めないでくれ」

これは、蘭陵王の言葉である。

「そうか、あんたが先だったな」

「思い出したかい」

「ここに、あんたが現れたってこたあ、この愚地独歩か、そこの無門くん、どちらかとやりたいってことだと考えていいのかい」

「お察しの通りだよ」

「おれだと、嬉しいんだけどね」

「残念だが、あんたじゃない」

蘭陵王の仮面が動き、無門に向けられた。

「きみだよ」

「ぼく？」

「父は、あなたとやりたいんだって――」

黄金丸が言う。

「柳龍光と、あなたが闘っているのを見て、父は身体を震わせていたからね……」

「そいつは、うなずけねえなア。そこの坊やは、柳龍光で、今夜、四人目だよ。身体に残ってるダメージが、大きすぎる。その点、おれならば……」

「まだ、ひとり――」

「そう」

「でも、龍金剛《りゅうこんごう》にやられたダメージ、ハンパないんじゃないんですか？」

「この、愚地の独歩先生を、誰だと思ってるんだい」

「待ちなさい」

言ったのは、蘭陵王であった。

「決めるのは、そこの無門くんだよ」

「そりゃ、そうだ」

愚地独歩は、無門を見た。

「どうするんだね、坊や――」

無門は、考えている。

すでに、もう、ゴブリン春日、羽鳥薫、神奈村狂太、柳龍光と闘っている。

いずれも、楽な相手ではなかった。

自分が負けても不思議はない相手だった。

もう、あらたな闘いをする体力も、気力もない。

ましてや、蘭陵王と闘う理由もない。

だから――

「闘いません」

そう言って、断ってもいいのだ。

しかし、その言葉が、出てこない。

どうしてなのか。

どうして、その言葉が出てこないのか。

「おれは、この〝ゆうえんち〟の入園者だよ。無門くんが決められないんなら、勝手に、おれが、蘭陵王につっかけていったっていいってことだわなア」

愚地独歩が、軽く前に足を踏み出した時、

「おやおや、なんていう顔が、ここにそろってやがるんだい」

そういう声が、響いてきた。

横手から聴こえてきた声だった。

無門が、その声の方へ眼をやると、そこに、ゴブリン

春日が立っていた。

ゴブリン春日は、半ズボンのベルトの間に、五百万の札束を、三っつ、挟んでいた。

血が、ごわごわに、ゴブリン春日の顔に貼りついていた。

「いたねえ、坊や……」

ゴブリン春日が笑うと、その顔で、みりっ、と、乾いた血が、音をたててひびわれた。

ゴブリン春日の、笑みを見た時、無門は、ようやく自分の犯した〝ミス〟に気がついていた。

黄海王にも言われていたことだ。

それは、倒したゴブリン春日から、五百万の札束を持っていかなかったことだ。

五百万円を持っているのなら、腕を折られようが、気を失おうが、まだ〝ゆうえんち〟の参加者なのだ。意識がもどれば、また闘いに参加していいのである。

そんなことを何も考えずに、自分は、ゴブリン春日を倒した後、柳龍光を捜しにいってしまったのだ。

「驚かなくていい。プロレスラーは、不死身だからな」

無門を見やりながら、ゴブリン春日は言った。

違う。

プロレスラーの不死身性については、無門も充分承知している。しかし、ここまでではない。

ただ、このゴブリン春日が特別なのだ。

半ズボンに挟んである札束を数えれば、三つ。

あの後——つまり、意識がもどった後、ゴブリン春日は、ふたりも入園者を倒したことになる。

「そこに、一千五百万の札束があるが、これは誰のだい？」

ゴブリン春日が、無門の顔を覗き込む。

「坊やのだね」

赤い舌で、ベロリと上唇を舐める。

「ちょうどいいんじゃないの……」

ごふっ、
と、喉《のど》の奥から、嬉しそうな息を吐く。

無門が、浅く腰を落とす。

その無門の視界を、巨大な、分厚い背中が塞いだ。

愚地独歩の背中だった。

「愚地先生、おれとやるってえの？」

もちろん、ゴブリン春日は、この空手界の巨星の顔も、名前もわかっている。

「あんたがいいならね」

「おれは、虎より強いよ」

「へえ……」

愚地独歩が笑った時、その背後から、無門が前に出てきた。

「勝手に、話をまとめないでもらいたいんだけど——」

無門が、言った時、
く、
く、
く、
と、低い声で笑ったのは、蘭陵王であった。

「わたしは、二億だよ……」

囁《ささや》くように、蘭陵王は言った。

「ああ、そうだった、そうだった。そこに、二億円がいたんだったな」

ゴブリン春日が、蘭陵王に向きなおった。

「急がないと、二億、誰かに取られちゃうよ……」

「ふうん……」

ゴブリン春日が、右手の指で、顎《あご》を撫でる。

「決まりっ！」

叫ぶなり、蘭陵王に向かって、走り出していた。

巨体のくせに、おそろしく動きが疾い。

「くわあっ」

右の拳を、蘭陵王の顔――仮面に向かって、斜め上から打ち下ろした。

その拳が、宙《ちゅう》で止まっていた。

ゴブリン春日の、岩のような拳を止めていたのは、蘭陵王の、左手の二本の指であった。

左の拳から、人差し指と中指――二本の指が立てられ、その二本の指で、ゴブリン春日の右拳をおさえていたのである。

足を開き、腰を落としている。

蘭陵王の舞《まい》の、所作《しょさ》そのもののかたちである。

どれほども、力がこもっているようには思えない。

まるで、飛んできた蝶《ちょう》を、伸ばした指先にとまらせたようにしか見えない。

「何をしやがった⁉」

ゴブリン春日が、言う。

蘭陵王は、答えない。

指が離れる。

また、蘭陵王が、そこに立つかたちになった。

仮面に隠れて、蘭陵王の表情は見えない。

「仮面を、はずさないでいいのかい」

ゴブリン春日が問う。

間をとるためだとわかる。

今、何があったのかを考えるための時間稼ぎだ。

プロレスラーなら、マスクマンが、実戦となった時、どれだけ不利かわかっている。

まず、視界の多くが塞がれてしまうからだ。

　そして、口まで覆っているマスクだと、いくらそこに呼吸しやすい目の粗い布を使っていたとしても、すぐに息があがってしまう。

　ましてや、蘭陵王の仮面は、木製である。

　視界の悪さは、マスクの比ではなく、何よりも、顔に打撃を受けた時、木の仮面の内側が、それを被っている者の頭部を打つことになる。有利なことは、ほとんどない。

　ヘルメットを被っているのとはわけが違うのだ。

　そういったことの何もかもを承知で、ゴブリン春日が問うたのである。

「きみが、勝ってはずせばいい」

　蘭陵王が言う。

「ふうん……」

　この時には、もう、結論は出ていた。

　ゴブリン春日は、そこから、いきなりタックルにいった。

　打撃を使わずに、組みにいったのである。

組む。

抱きつく。

タックルがうまく入らなくても、衣装のどこかを掴めれば、それでいいという、そういうタックルだった。

これも、止められた。

蘭陵王が、左足を持ちあげて、突進してくるゴブリン春日の額に、爪先で触れたのだ。

それで、ゴブリン春日の動きが止まっていたのである。

ゴブリン春日の、重い身体が全力で突っ込んでくるのを、それだけで止めてしまったのである。

いったい、何が、そこでなされているのか。

無門には、蘭陵王が、何をしているかが、わかった。

無《む》寸《すん》受《う》けだ。

蘭陵王は、指先や、爪先で、無寸受けをやっているのである。

が——

ゴブリン春日も、そこでやったことがあった。

ゴブリン春日は、自分の額にあてられていた蘭陵王の左足を、両手で掴んでいたのである。

「もらったぜ」

ゴブリン春日が、蘭陵王の左足を、両手で潰しにいった。

ぐちっ、

と、潰れた。

が――

潰れたのは、蘭陵王が左足に履いていた沓《くつ》であった。

その沓が、ゴブリン春日の両手の中でひしゃげていたのである。

しかし、その沓には、中身がなかった。

「ひふっ」

という高い声と共に、蘭陵王の身体は宙《ちゅう》に浮いていた。

そして、蘭陵王は、素足《すあし》となった左足で、ゴブリン春日の頭の上に、立っていたのである。

ゴブリン春日が、頭の上に手を伸ばし、蘭陵王の左足首を掴みにいった。

掴めなかった。

蘭陵王の左足は天に逃げ、次は、右足が乗った。

その足を、ゴブリン春日が掴もうとする。

掴めなかった。

またもや、蘭陵王の身体は、宙に浮いていた。

ゴブリン春日の手が、蘭陵王の足を追って、何度も宙を動く。

それを蘭陵王がかわす。

優雅な身のこなしだ。

風の中、ゴブリン春日の頭の上で、蘭陵王がダンスを踊っているのである。

「へ⁉」

ゴブリン春日が嗤《わら》った。

その瞬間、信じられないことが起こった。

蘭陵王が宙に浮くタイミングを計って、ゴブリン春日は、そこに、仰向けに寝ころんでしまったのである。

踊りながら、蘭陵王が、ゴブリン春日の上に、落ちてくる。

それを、嗤《わら》いながらゴブリン春日が見あげている。

そして、蘭陵王は、ゴブリン春日の上に降り立ったのである。

足ではなかった。

膝《ひざ》だった。

両膝で、蘭陵王は、ゴブリン春日の腹に、全体重を乗せて、立ったのであった。

ゴブリン春日の、掴みにきた両手を、左右の足で蹴ってはじき出し、そして、膝をたたんで、落ちたのだ。

「おげっ」

と、ゴブリン春日が声をあげた。

しかし、声をあげながらも、ゴブリン春日は、やったことがあった。

はじき出された手をもどし、自分の上に降り立った蘭陵王の両膝《りょうひざ》を、抱えていたのである。

「もらったぜ」

ゴブリン春日が言った。

ゴブリン春日は、両手に抱えた蘭陵王の両膝《りょうひざ》を腕力で自分の腹に固定した。

「よいしょ」

ゴブリン春日が身を起こし、上下を入れかえる動きを始めようとしたその時——ふいに、蘭陵王の上体が、前方に倒れ込んだのである。

倒れ込みながら、右の掌底《しょうてい》を、ゴブリン春日の顎《あご》に、アッパーぎみに入れた。

ゴブリン春日は、それを避けることも、ガードすることもできなかった。両手は、蘭陵王の脚を抱えている状態であり、のけぞってかわすにも、後頭部は地面に接していたからである。

めきゃっ！

という音が、ゴブリン春日の頸《くび》の後ろから響いた。

分解すれば、めきっ、めきっ、めきっ、という、幾つかの音だ。ゴブリン春日の頸椎《けいつい》の関節が、ひとつずつ伸びる音だ。それが、ほぼ同時に起こったので、「めきゃっ！」というひとつの音となって聴こえたのである。

蘭陵王の、その掌底《しょうてい》は、脳を揺らして脳震盪《のうしんとう》を起こさせるものではなかった。

顎《あご》を押して、頸椎《けいつい》の関節を伸ばすためのものであった。

ゴブリン春日が、蘭陵王の膝裏《ひざうら》を抱えて、その膝を自分の腹の上に固定していたため、その技が可能になったのである。上に、重しとなる蘭陵王の身体が乗っていなければ、さらに言うなら、ゴブリン春日がその脚を抱えていなければ、成立しなかった技であった。

それが成立したということは、つまり――

蘭陵王は、あらかじめ、この技を仕掛けるために、膝から落ち、ゴブリン春日に自分の脚を抱えさせたことになる。

おそるべき、読みであった。

ゴブリン春日の眼が、ぐるりと回って、白目になった。

口からは、ぶくぶくと泡を吹きはじめた。

蘭陵王が、ゴブリン春日の上に立ちあがって、腹の上から降りた。

無門の方に向きなおり、

「さて――」

と、蘭陵王が言った時、それが起こったのである。

蘭陵王の後方から、その両足を、ゴブリン春日が掴んできたのである。

右手で右足首を。

左手で左足首を。

そして、立ちあがってきた。

「プロレスラーは、不死身だぜ……」

白目を剝いたまま、泡を飛ばしながらゴブリン春日は

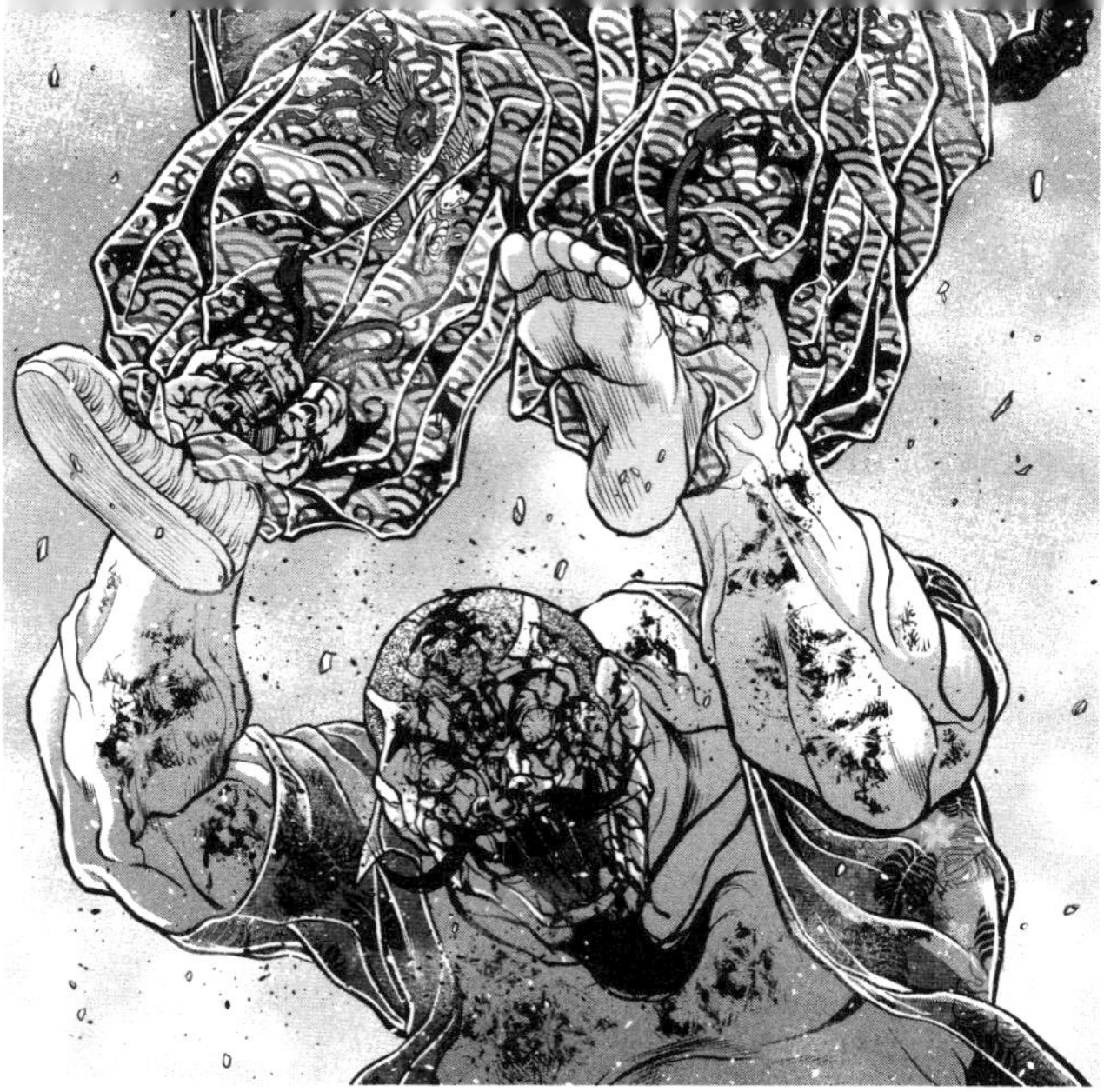

言った。

その身長が、三センチ八ミリほど伸びていた。

頸《くび》の関節が伸びた分、身長が高くなっているのである。

「はいやあっ」

蘭陵王の両足を握って、その身体を、いっきに真上に振りあげた。

そして、いっきに、

「ほやあっ！」

振りおろした。

顔面から。

どちゃっ!!

という、肉と顔面の潰れる音がするはずだった。

その音がしなかった。

蘭陵王の仮面の額が、地面から三ミリ半のところで止まっていた。

なんと、蘭陵王は、右手の人差し指と中指、左手の人差し指と中指、合わせて四本の指で、地面に叩きつけられる速度を、きれいに殺してしまっていたのである。

「もういっちょう!」

ゴブリン春日が、再び蘭陵王の身体を持ちあげようとした時、想定していたよりも速い速度で、蘭陵王の身体が持ちあがった。

見ていた無門には、何が起こったのか、わかった。

蘭陵王が、地についていた左右の人差し指と中指で地面を強く押し、腕を伸ばして、自ら上体を宙《ちゅう》に浮かせたのである。

その勢いと、ゴブリン春日が加えた力が重なって、蘭陵王の身体は、大きく宙《ちゅう》に浮きあがっていた。

しかし、ゴブリン春日は、まだ手をはなさない。

真上の月の天へ逃げようとする蘭陵王の身体を、地上に引きもどそうと、強く両手で握っていた足首を引いた。

おそろしいことが起こっていた。

蘭陵王は、ゴブリン春日の両肩に、両足で着地して、おもいきり腰を落としたのである。

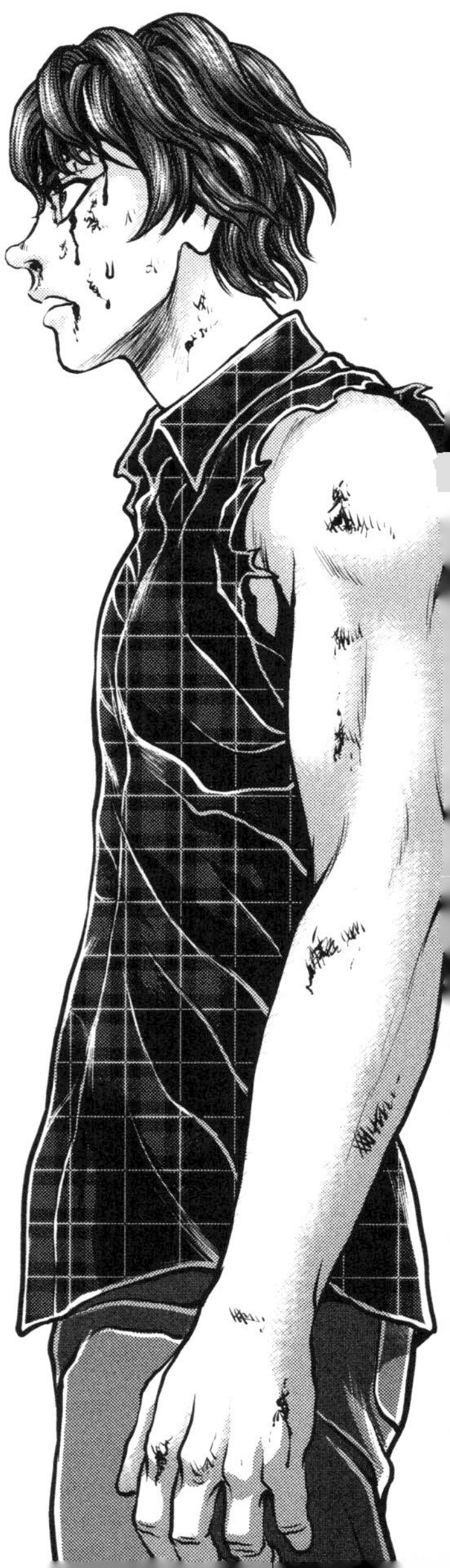

ゴブリン春日の頭の上に。

ぎちゅっ!!

という音がした。

さっき、伸びて広がっていた、ゴブリン春日の頸椎《けいつい》の透き間がいっきにもとにもどり、さらに縮んで潰れていたのである。

そのまま、ゴブリン春日は、仰向けに倒れていた。

蘭陵王は、その身体の上に両足で立ち、両手の拳から、人差し指と中指、二本の指を立て、右手を額の前、左手を腹のあたりに止めて、しばらく動かなかった。

ゴブリン春日の身体は、もう、動こうとしなかった。

蘭陵王は、ゴブリン春日の上から降りてくると、無門に向きなおった。

「さて、無門くん。わたしは今、幾つかのことをした。それが何かわかるかい」

「今、闘っている最中に、蘭陵王の舞《まい》の型を入れましたね」

無門が言った。

「その通りだよ。それが何を意味するかわかるね」

「蘭陵王の舞は、空手でいう、平安《ピンアン》とか、百歩連《スーパーリンペイ》とかのように、動きの型の中に闘法が入っているということですね」

「そう。それが、この蘭陵王の舞の特殊なところだ——」

おそろしく強く、美しかったといわれる蘭陵王。その美貌を隠すために、醜い仮面を被って戦に出た。

その舞の中に、蘭陵王の闘法が型として残っているというのである。

「最後にもう一度立ちあがってきたのは、計算ちがいだったが、わたしがやったことは、まだあるよ。きみにはそれがわかっているはずだ」

さらに蘭陵王が問うてくる。

「わざと、時間をかけましたね」

「そうだよ。わたしは、今の半分の時間で、この男を倒すことができた。それを倍の時間をかけて、倒した。これが、何を意味するか、わかるかい？」

「ぼくに、見せるためですね」

「その通り。では、何故、わたしは、そんなことをしたのかね」

　ここで、無門は、少し黙った。

　それは、自分が今推測したことが、果たして、本当に正しいかどうか、自信がなかったからだ。

「言ってごらん、それは、たぶん正しい」

「不公平をなくすためですか」

「不公平？」

「あなたは、ぼくが闘う姿を、モニターでずっと見ていた。でも、ぼくはあなたが闘う姿を一度も見ていない……」

「そうだよ。それで、わたしは、きみに秘密を教えたのだ。蘭陵王の舞が、型であることを。そして、わたしがどのような闘い方をするのかということも、わざと時間をかけて見せた」

「でも、わざわざ見せておいて、まったく別のことを仕掛けてくることだって、あるんでしょう？」

「もちろん」

　さあ、どうする？

　そう問うように、蘭陵王は、言った。

「おいおい、そりゃあ、あんたの勝手な言い分だろう」

　強引に、無門の前に出てきたのは、愚地独歩だった。

「一度やられて、さらにふたりと闘ってるゴブリン春日とやったからって、坊やとの不公平感が薄まったわけじゃないぜ」

「ほう」

「もう、三人ほど相手にしてから、やっと対等ってとこだろうよ」

「では、どうしろと――」

「決まってるじゃねえか」

　指をぽきぽきと鳴らしながら、愚地独歩がさらに前に出て、蘭陵王の前に立った。

　むろん、まだ間合の外だが、どちらかが二歩前に出れば、間合に入る距離だ。

　この距離のとり方が、愚地独歩は絶妙である。

「おれひとりで、その三人分だよう」

愚地独歩の腰が、すうっと落ちる。

両手が持ちあがる。

前羽《まえば》の構えだ。

ひゅうう……

と、息を吸い、

ひょうう……

と、息を少し吐き、止めた。

いつでも来い——

「やる気かね……」

たまらない緊張感が、ふたりの間に張りつめた。

ふたりの間に存在する大気が、ガラス質の固形物のようになる。

そのガラス質の固形物に、みちみちと音をたてて、細かい罅《ひび》が入ってゆく。

ふたりの視線を受けて、その罅《ひび》の中に、ぶちぶちと小さな泡のようなものが、弾けている。

「おいらは、一発だけ、打つ」

愚地独歩は言った。

「あんたが、それを受ける。当たれば、それが、どこだろうが、おれの勝ちだ。そこが、腕だろうが、脚だろうが、腹だろうが、そこはもう使いものにならなくなる。打たれたところから、感覚が消えちまうからな。存在そのものを、打って、別の次元へふっとばしちまうんだ……」

愚地独歩が静かに語っている。

「虚空拳《こくうけん》……」

愚地独歩が、その技の名を告げた。

愚地独歩の腰が、さらに沈み、前羽の構えが変化した。

前羽というのは、開いた両手を左右に並べて、胸の高さで相手に向けて立つ構えだ。

両肘《りょうひじ》ともやや曲げられている。この構え、人によって、前に出した手の高さも違うし、左右の手が、わずかに前後したりもする。

受けることに強い。

しかし――

愚地独歩が〝虚空拳〞と口にした瞬間、愚地独歩の右手が拳に握られ、その拳が、左手の陰に隠れたのだ。

拳と、掌底——しかも、拳は掌《てのひら》の後方に隠れて、蘭陵王からは見えなくなっている。

「ほう……」

蘭陵王が、つぶやく。

「はじめて見るね……」

「はじめて見せるからね。さっき、龍金剛にも使わなかった技だ」

「何故だね」

「まだ、完成してないんだ。それを、あんたに使って完成させる——」

「へえ……」

左手で、拳が隠されて見えない。

拳は、つまり左手の陰——虚《きょ》の空間、つまり虚空《こくう》にある。

だから、虚空拳。

「どうだい、見えねえだろう」

「なるほど、いつでも、右手と左手が入れかわる、そういう変化もしてくるんだろうねえ——」

「よくわかってるじゃあねえか」

「おもしろい。興味が湧いたよ」

「知りたいだろう」

「ああ」

「知る方法は、ひとつっきりだぜ」

「もちろん、わかってるさ」

「なら、受けてもらおうか」

じりっ、

と、愚地独歩が大きく前に出る。

蘭陵王は、退がらない。

距離がつまってゆく。

さらに、半歩。

愚地独歩の額に、薄く、ねばい汗が張りついている。

蘭陵王の額に、どういう汗が浮いているのか、それは、仮面に隠されて見えていない。

さらに、半歩。

入った。

間合の中に、である。

しかし、両者とも動かない。

足であろうが、拳であろうが届く距離だ。

なのに、両者とも動かない。

が――

動いているものがあった。

しかも、激しく。

それを見ている無門にはわかっている。

動いているのは、眼に見えぬものだ。

気、と呼んでもいい。

意志、と呼んでもいい。

両者の間で、極めて高速でやりとりされているものがあるのである。

さぐりあいだ。

いつ、どちらが、どう仕掛けるか――

動いていないのに、隙を見せあっている。

先に来いと、誘いあっている。

男と女の、無言の誘いあい、焦《じ》らしあいのように、どちらが先に手を出すのかを、譲りあっているのだ。

たまらない緊張感であった。

見ている方の呼吸が止まってしまう。

あとは、きっかけだ。

風が、ちょっと強くなる、誰かが咳《せき》をする、月が雲に隠れる——そういうことでいいのだ。

そのわずかな変化が、きっかけになる。

そのきっかけは、やってきた。

それは、獣臭《じゅうしゅう》であった。

風の中に、わずかに獣《けもの》の臭いが混ざったのだ。

その獣臭を、無門は嗅いでいた。

もちろん、久我重明も。

そして、蛟黄金丸も。

当然、愚地独歩も、蘭陵王も、それを嗅いでいたのである。

その瞬間に、始まっていた。

「あたあっ！」

「ひゅっ！」

「ほっ！」

「ちいっ！」

その声と共に、空気が裂かれる音、空気が破裂する音、肉と肉が触れあう音——そういう音が、ほぼ同時に響いていたのである。

そして、
コオン、
という音、
〇・八秒。

一秒に満たない時間で、再び両者が動きを止めていた。

そのかたちは、動きが始まる前と同じであった。

愚地独歩は、虚空拳の構え。

蘭陵王は、左手の人差し指と中指を立て、それを顔の前へ、やはり人差し指と中指を立てた右手は、臍《へそ》の高さで、指先は斜め下へ向けている。

何があったのか。

無門は、それを見ていた。

愚地独歩が、左掌《ひだりて》で、蘭陵王の胸を打ちにいったのだ。

その左掌を、蘭陵王が、左の指二本で止めたのである。

その瞬間、左手の陰に隠れていた虚《きょ》の拳——つまり、愚地独歩の右拳が、左掌の陰から姿を現し、蘭陵王の仮面を、正面から打ちにいったのである。

それを、蘭陵王がさらにかわしたのだ。

そして、また、ふたりは向きあったのである。

「当たったぜ」

愚地独歩がつぶやく。

愚地独歩の、最後に蘭陵王の顔面をねらった攻撃が、仮面にあてられて、コオンという音を響かせたのだ。

「こっちもね」

蘭陵王が言う。

愚地独歩の左の掌底を、蘭陵王は、左手の二本の指先で受けた。

しかし、それは、無寸止めではなかった。

二本の指で、愚地独歩の左手の平《ひら》を突いていたのである。

つうっ、
と、愚地独歩の左手から血が滴り、地に落ちた。

「おあいこかね」

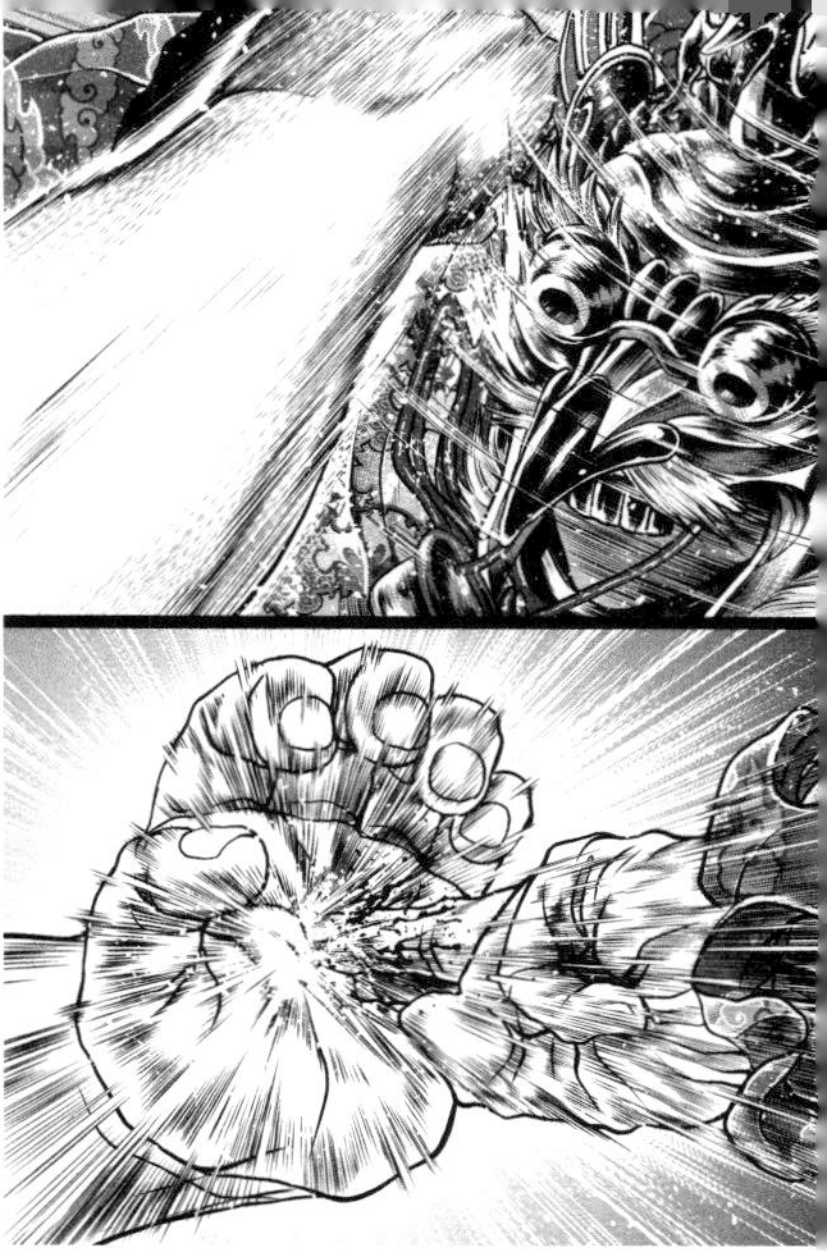

愚地独歩が言う。

「そうしたいのかね」

蘭陵王が言った時だった。

そこに、獣の声が響いたのである。

ごるるるるる……

黒い、獣の影が、愚地独歩の右側、蘭陵王の左側から姿を現した。

ライオンであった。

強い、獣臭《じゅうしゅう》が、夜気《やき》に満ちていた。

神奈村狂太に倒されたはずのライオンが、息をふきかえし、ここに姿を現したのである。

ライオンは、首のところに、まだ、五百万の入った袋をぶら下げていた。

このライオンの獣臭が、今のふたりの闘いのきっかけになったのである。

ゆらり、
ゆらり、
と、身体を揺らしながら、ライオンが歩いてきた。

轟《ごう》!

と、ライオンが、蘭陵王をねめまわし、牙をむいた。

「あんたに用事らしい」

愚地独歩が言った。

その言葉が終わらないうちに、ライオンが、蘭陵王に向かって地を蹴っていた。

ライオンが、蘭陵王に飛びかかる。

蘭陵王は、逃げなかった。

蘭陵王は、腰を落とし、自分に向かって突進してくるライオンに向かって、真っ直ぐに右掌《みぎて》を伸ばした。

その右掌を、無造作に、まるで近づいてくるペットの頭を撫でてやろうとするかのように、額にあてた。

と——

ライオンの動きが、それで止まっていた。

動かない。

一秒。

二秒。

三秒目で、ふいに、ライオンが横だおしに倒れていた。

蘭陵王が、腰を伸ばして、そこに立った。

「ひゅう……」

と、愚地独歩が、唇を鳴らした。

無門は、蘭陵王が何をしたかわかっていた。

無寸雷神——

それを、両手ではなく、片手で、蘭陵王はライオンの額にあてていたのである。

「どうだね、無門くん。ゴブリン春日とこのライオン。そして、愚地先生とは、短い時間だったが、本気でやりとりをさせてもらったんだ。こんなところでどうかね……」

仮面の向こう側で、蘭陵王は、少し笑ったようであった。

無門には、わかっていた。

何故、ライオンが蘭陵王に襲いかかったのかを。

そして、今の、片手による無寸雷神の威力についても。

蘭陵王の使う技を、自分は一度も見ていない——さっきはそういう話になったが、実は、一度だけ見ているのである。

初めて蘭陵王に会った時、無寸雷神を見たいと請われ、水槽のガラスに右掌《みぎてのひら》をあてて、泳いでいるピラルクに向かって無寸雷神を放ち、失神させたことがあった。

ピラルクを脳に見たて、水を血に見たてての術である。

そのピラルクを、蘭陵王は、右手の人差し指一本で蘇生させたのである。

水槽のガラスに、右手の人差し指の先をあて、無寸雷神を放ち、意識を失っていたピラルクの息をふきかえらせてしまったのだ。

あの技を、今、蘭陵王は、ライオンに対してやったのだ。

水槽のピラルクならば、できる。

片手でいい。

水槽は狭いし、逃げることのできる範囲が狭いからだ。

ガラスに掌《てのひら》をあて、呼吸を整え、タイミングを計る間もある。

しかし、今、蘭陵王がやったのは、戦闘モードに入っているライオンに対してである。

無門の頭の中に響いているのは、

〝もしも、これを、拳ひとつを打ち込む速度でやれたら、あの、地上最強の生物だって、倒れるだろうよ〟

という、少し前に愚地独歩が口にした言葉である。

地上最強の生物というのが、何のことか無門にはわからなかったが、無門が考えているのは、今、蘭陵王が放った無寸雷神が、

〝拳ひとつを打ち込む速度〟であったのかどうかということだ。

どのくらいの速度か。

拳の速度といっても色々だ。

ただ、愚地独歩が口にした以上は、それは、愚地独歩の打ち出す拳の速度ということであろう。

その速度であったかどうか。

蘭陵王の、今の速度は、疾かった。

ただ、原理上、無寸雷神というのは、あててから放つ技である。

相手の身体に、あたった瞬間に、打撃のインパクトが伝わるのとは違う。

あてて、放つ――このふたつの拍子がある以上、無寸雷神が、拳の速度でライオンを倒したとは考え難いが、しかし、おそろしく速かったのは言うまでもない。

地上最強の生物と愚地独歩が口にした以上は、その生物は、おそらく象でもなく鯨《くじら》でもない。

人間であろう。

地上最強の生物と愚地独歩が言うからには、それは、ライオンよりも、象よりも、グリズリーよりも、強い生物――人間のことであろう。

筆者は、アラスカの原野で、野生のグリズリーを見たことがある。

おそろしくでかい。

博物館で確認すればすぐわかるが、手の爪は、大人の指一本くらい。

馬よりも乗用車よりもでかい、ヘラジカ――ムースがアラスカにはいるが、この巨大生物の首が、グリズリーの手のひとふりで、落ちるのである。

一緒にカヌーでユーコンを旅をした、ガイドのポールが、44口径のライフルをぼくに持たせ、言った。

「いいか、バク、グリズリーの額の骨は、おそろしく硬く、分厚い。少しでもずれると、跳弾《ちょうだん》して入らない。だから、第一弾目は脚の付け根をねらって、動けなくしてから、とどめをさすんだ」

試し撃ち。

そのライフルは重く、おそろしく非人道的な音と、反発をぼくの肩に残した。

幸いにも実際にグリズリーを撃つ機会はなかったが、この銃を持って、ようやくグリズリーと人間は対等なのだ。

アラスカには、グリズリーの他に、もう少し小さなクロクマというのがいる。

「もしも、クロクマに出会ったら、そして、武器を持っていなかったら、素手でもいいからファイトしろ。生き残るチャンスは、少しながらある。ファイトの最中、クロクマの口の中に、腕を一本、やつの口の中に突っ込むんだ。肘《ひじ》が見えなくなるまで、おもいきりやれ。肚《はら》をくくれ」

そうアドバイスされた。

「相手が、グリズリーだったら？」

ポールは、答えず、肩をすくめて、両手を上に持ちあげ、ちょっとだけ笑って——

「ベーリー・デインジャラス」

うつぶせになって、両手で首の後ろを押さえ、どこを喰われても絶対に声をあげるな。それが一番生き残るチャンスがある方法なのだというのである。

それでその講義は終わったのだが、オーガこと範《はん》馬《ま》勇《ゆう》次郎《じろう》は、そのグリズリーよりも強いのである。

もちろん、この時の無門にとっては、かようなことは一切知識の外だ。

「さて、どうするね、無門くん……」

蘭陵王の言葉で、無門は、我に返った。

「まさか、断るなんてことは、もう、できないよねえ」

蘭陵王の言葉が、少し、優しくなった。

その声には、ほんのわずかに、無門を哀れむような響きもあった。

「だって、きみは、もう、今夜、こっち側の世界に足を踏み入れてしまったんだから――」

言われた瞬間に、無門には、その言葉の意味がわかった。

自分が、この日、その門をくぐってしまったことを。

蘭陵王のいう〝こっち側の世界〟というのは、蘭陵王のいる世界のことである。

愚地独歩のいる世界のことである。

柳龍光のいる世界のことであり、神奈村狂太のいる世界のことであり、久我重明のいる世界のことであり、そして、誰だかはわからないが、地上最強の生物のいる世界のことである。

そして――

あの、松本太山がいた世界のことだ。

その入口の門を、自分は、もう、くぐってしまったのだ。

獅子の門を――

そうか。

ならば、迷うことは、もうない。

少し前までであった、もやもやとした何かが、消え去っていた。

これまで考えていたこと――それは、門をくぐる前に、自分にまとわりついていた、地上の理屈だ。

そういう理屈がもうとどかない場所に、もう、自分は立っているのである。

それに、気づかなかっただけだ。

今、わかった。

もう、もどれない。

自分がくぐった門は、そういう門だ。

答えは、もう、自分の中にあったのだ。

「やろうか、おじさん……」

無門は、低い、凄みのある声で、答えていた。

鎖が、切れた。

自分と、地上とを繋ぐものが、もう、ない。

自由になった。

無門の顔つきが、変わっていた。

「おい、愚地の、そこの坊やはやる気だよ。面《つら》ァ見ればわかるだろ」

黒い声をかけてきたのは、久我重明であった。

愚地独歩は、無門の前に立ち、その顔を見た。

「あ、こりゃあ、いかんわなあ。そうかい、あんた、ついにこっち側に来ちまったんだなァ……」

しみじみとした、そして、少し哀れむような声でもあった。

「もう、止めねえよ」

愚地独歩は言った。

そして、右拳を、無門の前に突き出した。

巨大な、岩のような、優しい丸みを帯びた拳であった。

傷だらけだ。

古い傷もあれば、新しい傷もある。

いったいどうやって、治したのかと思えるような、大きな傷もある。その全ての傷が、その拳を、年輪のように包んでいる。

「こいつはよ、杖だ……」

愚地独歩は、言った。

もしかしたら、自分に言っているような声でもあった。

「いいかい、坊や。人が生きていくためには、杖が必要なんだ。困った時、道に踏み迷った時、倒れそうな時に、すがる杖が必要なんだ。おれの場合は、これが杖さ……」

その声が、無門の肉の中に染み込んでくる。

なんという大きな、人を温かくさせる拳であろうか。

眺めているだけで、涙が出そうになる。

どれほどの思いや、悲しみを、愚地独歩は、これまで、この太い拳の中に握り込んできたのか。

そういう拳だった。

この拳は、愚地独歩そのものだ。

神のように、もの言わぬ、沈黙する拳が、無言で語っている。

「どうしようもない時は、いつも、こいつにおれは問うてきた……」

その拳が、開かれた。

分厚い掌が、無門の肩を優しく叩いた。

そして、その掌が、無門の胸にあてられた。

「吩《フン》！」

その掌《てのひら》から、無門の身体の中に、熱い温度を持ったものが飛び込んできた。

そして、背へ抜けた。

その力が抜けてゆく時、無門の肉の中に溜《た》まっていたもの——疲労、痛み、そのようなものを弾き出していた。

神の拳だ。

身体が軽くなっていた。

「いってこい、無門くん」

愚地独歩は言った。

坊やではなかった。

# 2

不思議なほど静かだった。

樹々を渡ってゆく風が、木の葉の一枚ずつを揺すってゆく音が、ひとつずつ数えられるほどだ。

それほど意識が澄んでいる。

この太い呼吸音は、愚地独歩が息を吸い込み、また、吐き出す音だ。

この黒い呼吸は、久我重明のものだ。

そして、このあるかなしかの、蜘蛛《くも》の糸を吐き出すような呼吸は、蛟黄金丸のものだろう。

そして、この薄い刃物のような呼吸は、さっきまでなかったものだ。

ああ、黄海王のものだ。

柳龍光の身体を担いで姿を消していたのだが、いつの間にかもどってきたのであろう。

蘭陵王の呼吸音は——

ない。

聴こえてこない。

しかし、呼吸を止めているはずはないから、気息《きそく》をよほど整えて、息をしているのであろう。

蘭陵王は、無門の前——三メートル半あたりに立っている。

左足が、軽く前に出ている。

素足《すあし》だ。

軽く後に引いた右足も素足であった。

ゴブリン春日に左足に履いていた靴を潰され、自然に素足になったのだ。

右足は、この闘いに入る前、蘭陵王自ら履いていた靴を脱ぎ捨てて、素足になったのである。

浅く、蘭陵王は腰をおとしている。

左手が前。

左手の人差し指と中指が、拳の中から立てられて、その指先が、無門の顔の方に向けられている。

右手は、額の高さまで持ちあげられている。

右手からは、人差し指と中指が立てられ、額から二〇センチほど離れたところに、その二本の指の先がある。無門の知るどのような武術、武道の体系、形にもない構えであった。

無門は、上半身は裸である。

闘いの前に脱ぎ捨てたのだ。

全身を、舞楽《ぶがく》の衣装で包んでいる蘭陵王とは対照的だ。

明らかに、仮面も、衣装も、闘う時には不利に働く。

衣装だけでも、最低、五キロの重さがその肉体にかかっているはずだ。

この衣装を身につけることが、闘いにおける蘭陵王の矜持《きょうじ》なのか。

蘭陵王は、明らかに待っている。

自分が攻撃してゆくのを。

それが、わかる。

わかっている以上は、先に攻撃を仕掛けるわけにはいかない。

無門は、凝《じ》っと蘭陵王を観察している。

ついさっき、ライオンが、どうして、愚地独歩ではなく、蘭陵王を攻撃したのか、無門には、その理由の見当がついている。

そして、それは、自分だけではない。

ここにいる誰もが、その時、現場にいなかった黄海王をのぞいて全員がわかっているはずだ。

愚地独歩も。

久我重明も。

鮫黄金丸も。

そして、自分も。

さらには、本人である蘭陵王も。

そして、無門は、それを発見した。

蘭陵王の左足の甲の上に、衣装の裾の中から、つうっと滑り出てくるものがあったからだ。

赤い糸――血の筋だった。

次は、顎《あご》だった。

蘭陵王の顎の先から、同じように、つうっと血の赤い筋が滴《したた》ったのである。

左足の方は――

わかっている。

ゴブリン春日がやったのだ。

両膝で、その腹を攻撃した時、蘭陵王は、ゴブリン春日に両膝を抱えられている。

その時に、ゴブリン春日なら、必ずやる技がある。

千切《ちぎ》り技だ。

相手の肉を、指でつまんで、千切る。

その絶好の機会《チャンス》だったはずだ。

膝を抱えた時は。

それを、ゴブリン春日はやっていたのである。

衣装の上から、蘭陵王の左足の肉をつまんで、引き千切ったのだ。

おそらくは、脹脛《ふくらはぎ》であろう。

やらないはずはない。

そして、愚地独歩は、未完成の虚空拳《こくうけん》で、蘭陵王の額の仮面を打っている。

浅かったが、左手を犠牲にして、打撃を当てたのであ

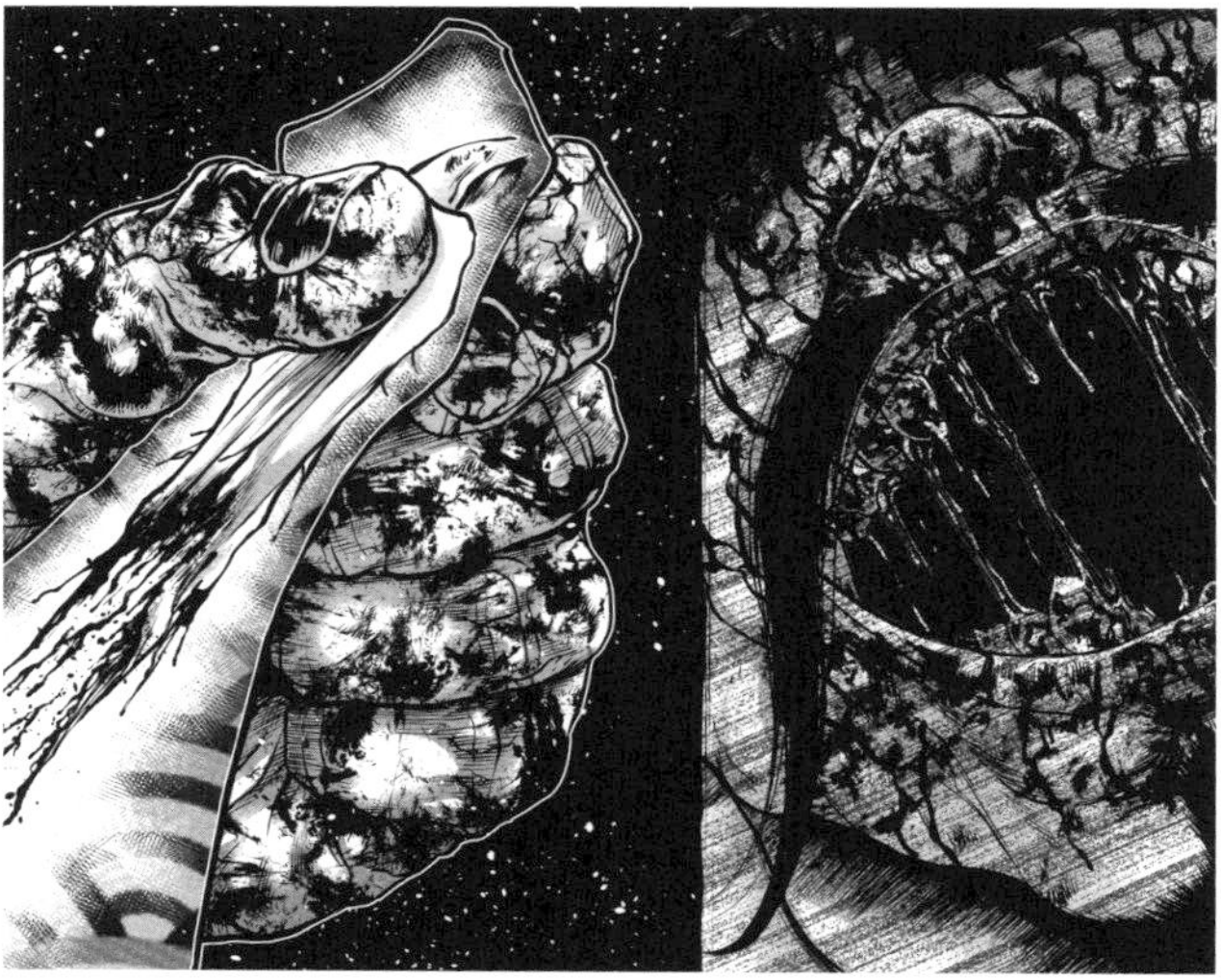

る。

仮面を打つことによって、仮面の内側が、蘭陵王の顔面のどこかに当たったのだ。

その傷から、血が流れ、顎《あご》から滴《したた》ったのである。

この意味で、左手を傷つけられた愚地独歩と蘭陵王は、おあいこだ。

もしも、指で突かれたのが、神の拳であったのなら、傷つくはずもない。

また、掌《てのひら》であったからこそ蘭陵王も、止めにゆかずに突いたのだ。

一方的にやられっぱなしで、愚地独歩が、無門に闘いを譲《ゆず》るはずもない。

その推測に答えを出したのが、ライオンである。

ライオンが、獲物を攻撃する時、獲物の群れの中から、老いた個体、怪我をしている個体を識別して攻撃する。

老いた個体か怪我をしてる個体の方が、動きがのろいし、狩りが成功する確率が高い。

では、ライオンは、どうやってその個体を選ぶのか。

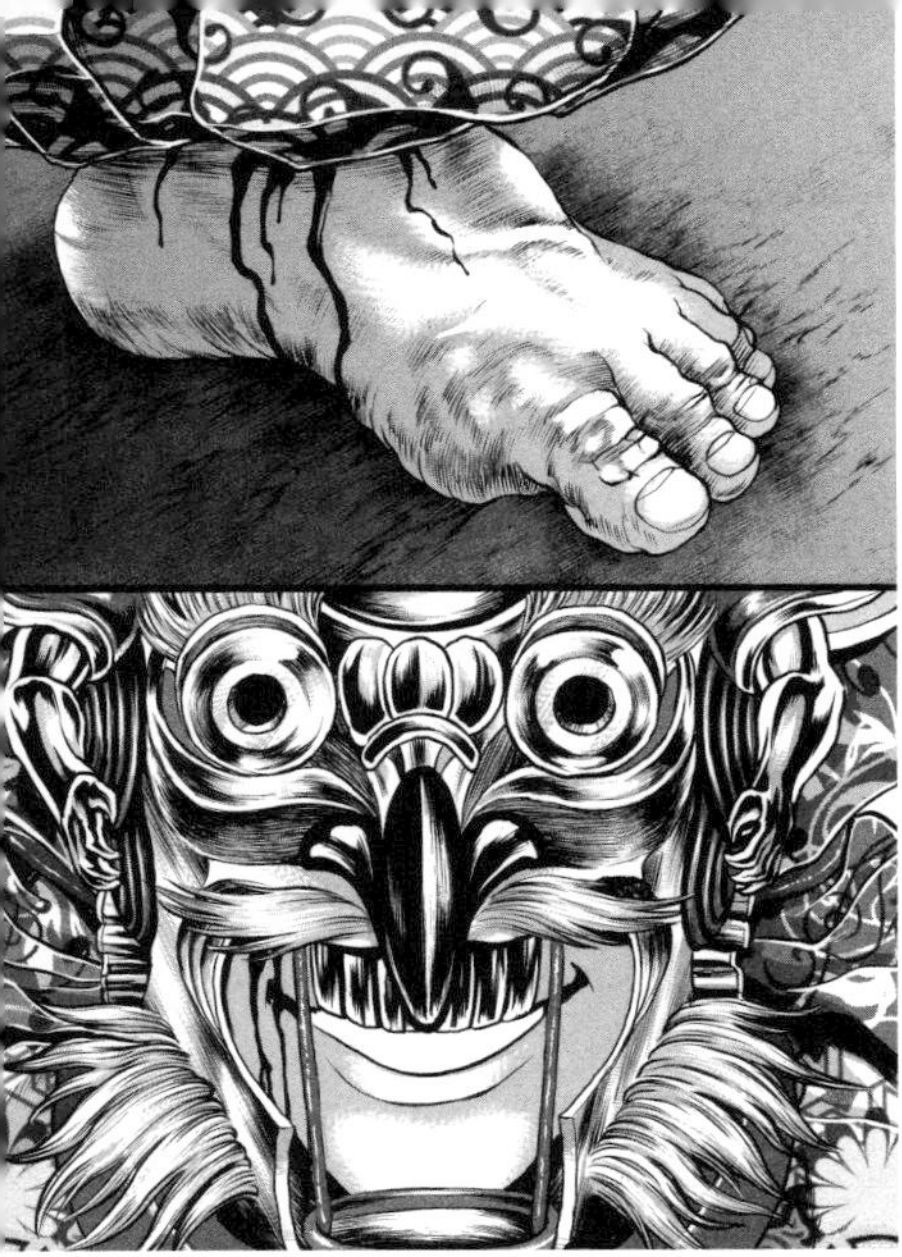

それは——

視覚と嗅覚である。

見た目で、弱った個体を見つける。

そして、臭いによって——血の臭いによって、怪我をした個体を見つけるのだ。老いた個体についても同様である。

あの時、確かに愚地独歩は、左手を傷つけられてはいたが、蘭陵王の場合は、額とおそらくは左の脹脛《ふくらはぎ》の二か所だ。

その分、出血量が多く、その血の臭いをライオンは嗅ぎとり、蘭陵王を襲ったのであろう。

無門は、それを推測し、それを今、確認したのである。

しかし、蘭陵王もまた、わかっている。

自分の傷のことを、無門がわかっていることを。

この事実が、どれだけ自分に有利に働くか——

それはわからないが、少なくとも、不利に働くことはない。

今、自分の身体からは、嘘のように疲労が抜けている。

愚地独歩が、もたらしてくれたものだ。

しかし、これが、ずっと続くものではないことも、無門はわかっている。

「長くは続かねえぜ」

闘いの場に足を踏み出す前に、愚地独歩がそう告げたのだ。

その全てを呑み込んで、自分は今、蘭陵王の前に立っている。

しかし——

このかたちでいつまで待つか。

ここは、自分から先にゆく。

無門は、そう決めた。

「いい判断だ……」

蘭陵王が言う。

こちらからゆくというのを、見破られたのだ。

驚かなくていい。

自分は、ことさら気配を殺そうとしていたわけではないからだ。

自分でも、相手が、気配を隠そうとしていない限り、これくらいはわかる。

むしろ、これを利用してやればいい。

ああ——

なるほど、自分は、闘いの最中に、こんな判断もできるようになったのだな、と無門は思う。

今夜の闘いによって、自分は成長しているのだ。

では、何からゆくか。

今夜、まだ、見せてないやり方、技、それがあるか。

ある。

そして、それは、この蘭陵王にも、効果的に使えるかもしれない。

そう考えた時、無門はぞっとした。

知らないうちに、蘭陵王との距離が、縮まっていたからである。

すうっ、
と、まるで、足に車輪でもついているように、構えのかたちを崩すことなく、蘭陵王が前に出てきたのだ。

いけない——

自分の考えをまとめきれないうちに、蘭陵王の速度が、さらにあがった。

退がる。

退がりきれない。

蘭陵王が、前に出てくる速度の方が速かった。

「ホ……」

「ふ……」

「ホ……」

蘭陵王が、左右の二本の指で、無門を突いてきた。

それをかわす。

かわしきれなかった。

かわしたはずと思ったのに、二撃目を、被弾してしまったのだ。

右の腕だ。

払おうとした右の腕を、蘭陵王の左手の二本の指で突かれたのだ。

おかしい。

かわしたはずだ。

どうして、当てられたのか。

それがわからない。

まるで、時間と空間の透き間をくぐって、攻撃を加えられているようであった。

「ふ……」

「ホ……」

また、当てられた。
右腕の同じ場所だ。
右腕が痺《しび》れた。
いったい、何が起こっているのか⁉
蘭陵王が、潰しにきているのは、自分の腕だ——と無門はわかっている。
いきなり、頭部などの急所をねらってこない。
しかも、右腕の同じ場所を二度突かれている。
どうして、こんなことができるのか。

右腕に、痺れがある。
速度をあげる。
ヒイイイイイィ……ン
無門の耳の奥で、音がする。
自分が生み出している速度が、音に変換されて、脳に響いているのである。
手。
足。
足。

手。

膝。

速度を上げて、たて続けに、仕掛けてゆくのだが、そのことごとくがはずされてしまう。

しかし、蘭陵王の身体には触れているのだ。

腕、足、膝——

自分の拳や、蹴り出した足が、蘭陵王の身体の一部に触れる。すると、触れたその場所から、蘭陵王の身体にそって拳や足が滑り、蘭陵王の肉体まで届かないのである。

最小限の動きで、攻撃をかわされているのだとわかる。

しかし、蘭陵王の攻撃は、自分に当たっている。

打たれているのは、攻撃にいった、手や、足だ。

その手や、腕や足を、ちょん、ちょんと蘭陵王が指で突いてくるのである。

軽い。

それは、わかる。

どれほども力を入れているようには思えない。

しかし、それなのに、その軽いはずの攻撃が、肉を抉《えぐ》ってくるのである。

その動きが、読めない。

読めそうで、読めない。

通常、左と右の動きは連動している。

左手と右手。

左足と右足。

それらは、別々に動いているようで、互いに関連しあっているのである。その関連が読めないのである。

ほんのわずかに、ずれている。

たとえば、右拳で打つ時は、左拳を引く。あるいは、その引く動きに準ずる動きを左拳はすることになる。

それが、蘭陵王の場合、無門がこれまで闘ってきた人間たちとは、微妙に違っているのである。

どこが、どう違うとは、はっきり指摘できない。

それほどわずかな差と言ってもいい。

その差が、無門をとまどわせ、蘭陵王の攻撃を被弾してしまうのである。

いったい何か。

何がおこっているのか。

たとえて言うのなら、蘭陵王の内部にもうひとりの人格が棲《す》んでいて、そのふたつの人格が、交互に入れかわりながら攻撃を仕掛けてくる——そんな感じなのだ。

無門は、疾さで、それをなんとかしのいでいる。

しかし、腕は、確実にダメージを受け、左右の腕を合わせて、五か所以上から出血している。

「腕は、潰したよ……」

蘭陵王が言う。

「次は、舞天《ぶてん》だね」

舞天⁉

なんだ。

技の名前か。

考える間はなかった。

かりに、時間があったとしても、無門の耳に届いたのは、

「ブテン」

という響きの言葉だけで、それがどのような意味を持つものであるか、考えるための手がかりはないと言っていい。

だから、むしろ、考える時間がなかったというのは、無門には幸いしたことになる。

蘭陵王は、

〃舞天〃

の名を口にした瞬間、

「ハイヤーッ！」

高く跳びあがっていたのである。

ふたつのことで、無門は虚を突かれていた。

ひとつは、今も言ったように蘭陵王が「舞天」と口にしたことである。

そこに、一瞬、意識が働いてしまったことだ。

もうひとつは、蘭陵王の動きが、攻撃には直接つながらない跳躍だったことである。

跳びながら、膝なり、足先なりで、頭部を攻撃してくる——そういう動きではなかったのだ。

それは、対戦している無門には、よくわかった。

勝負において、意味が存在しないジャンプ。

が――

むしろ、そのことによって、蘭陵王は、無門の頭上の空間に、その身を移してしまったのである。

さらに、無門は、無門自身の心の事情によって、反応を遅らせてしまった。

これも、理由はふたつある。

そのひとつめは、最初に語ったふたつの理由だ。

本来であれば、宙《ちゅう》に浮いた相手の身体に、蹴りなり、何なりの攻撃を加えるタイミングは間違いなくあったのだ。それに対する反応がわずかに遅れて、攻撃しようとした時には、蘭陵王の身体は、高い場所に浮きすぎていたのだ。

そして、まさに、たとえ一瞬であれ、攻撃しようかと思ってしまったため、逃れるタイミングをも遅らせてしまったのである。

蘭陵王が、直接攻撃のためのジャンプではないにしろ、とにかく跳んだのだ。

その位置が、頭の上であっては、分が悪い。

そのためには、横か後方にステップして自分の位置を変えねばならないのだが、その動作に遅れが生じてしまったのである。

逃げるには逃げたのだが、間に合わなかった。

とん、

と、蘭陵王の左足で、右肩を踏まれていた。

重さは、ほとんど感じない。

踏まれた、という感触があるだけだ。

とん、

とん、

蘭陵王の、両足の爪先が、次々に無門を宙で踏んでゆく。

右肩。

左肩。

頭。

時に、踏んでくる足を振り払おうとする腕を、蘭陵王

が踏んでくるのである。

しかも、それが、軽いはずなのに、ずしりと響くのである。

腕で払おうにも、腕が重い。

理由はわかっている。

さっき、二本の腕は、蘭陵王によって何度も打たれている。

それで、腕の動きが鈍くなっているのである。

蘭陵王は、無門の上で、ダンスを踊っている。

舞楽「蘭陵王」の舞そのものだ。

まるで、平地で舞っているようである。

いけない。

これは、さっき、ゴブリン春日がやられた技ではないか。

タイミングを見て、両肩に乗り、尻を頭の上におとしてくるあの技だ。

逃げねばならない。

しかし、どうやって？

その方法は——ある。

蘭陵王が宙に浮くタイミングで、無門は、自らの身体を地面に倒して、仰向けになった。

月の天に、蘭陵王が、まだ空中で舞っているのが見えた。

ゴブリン春日の時は、蘭陵王は、落下しながら膝をおとしてきたのだ。

その時、自分はどうするか。

それを、もう、無門は決めていた。

決めていたからこそ、無門は、仰向けになったのだ。

仰向けになり、無門は、落下してくる蘭陵王に向かって、両足を伸ばしていた。

その両足で、落下してきた蘭陵王の両足を受けたのである。

自分の右足で、蘭陵王の左足を。

左足で、蘭陵王の右足を。

そして、下で、無門がリズムをとった。

踏んでくる蘭陵王の動きを、下から無門が殺してゆく。

幼い頃から、何度もサーカスでやった技であった。

仰向けになり、両足を上に伸ばし、その上で玉を転がしたり、樽を踊らせたりする。そして、時に、玉や樽が、人になる時もある。

これを、走る馬の背に仰向けになってやったこともあるのだ。

「ぬう⁉」

蘭陵王が、声をあげる。

どうだ。

さっきまでは、蘭陵王よ、おまえがおまえの意志でおれの上から下りなかった。

だが、今は違うぞ。

おれの意志で、おれが、蘭陵王よ、おまえを下ろさないのだからな。

無門は、切れるような笑みを浮かべていた。

下ろさない――

それには、自分の意志がある。

しかし、無門にはわかっていた。

蘭陵王の視点からすれば、これは、
下りない――

ということであることも。

無門の足の上で、蘭陵王は、優雅に舞っている。

どちらも、攻撃ができない。

攻撃のためには、支点が必要になる。

その支点がないのである。

蘭陵王でいえば、違う跳び方をして、これまでとは違う空間にその身を移し、そこから攻撃をしたいのだが、下にいる無門が、跳ぼうとする蘭陵王の動きを察知して、自分の足を支点として使わせないように、力を調整してしまうため、その動きができない。

たとえば、小鳥を手の上に乗せて、空に飛ばせない方法がある。

鳥は、どのような鳥でも、地を蹴って飛ぶ。地なり、枝なり、その鳥が立っているものを蹴って、その勢いで飛ぶのである。

その動きをあらかじめ察知して、そのタイミングに合

わせ、小鳥のとまっている手を下げれば、その小鳥は飛べないのである。

蘭陵王が、無門の足を蹴って跳ぼうとすると、無門が力を抜いてしまうため、跳べなくなってしまうのである。

それは、無門も同じだ。

無門が、蘭陵王のバランスを崩すため、下から強く蹴ろうとしても、こんどは逆に蘭陵王が力をうまく抜いてしまうため、下から蹴る力を消されてしまうのである。

逆に、わざと力を抜いて、跳んでくる蘭陵王のタイミングを狂わせてやろうとしても、力を抜いた分だけ、蘭陵王が深く踏み込んでくるため、蘭陵王はバランスを崩さないのである。

そのため、この不思議な、奇跡のようなバランス状態が続いているのである。

しかし、わかっていることがある。

それは、いつまでもこの状態が続くわけがないということだ。

いったい、どうするか。

どうやって、この状態から、自分に有利な展開にもってゆくべきか。

もちろん、方法は、ないわけではない。

それを、いつ仕掛けるか。

早い方がいい。

蘭陵王が、何かを仕掛けてくる前に――

これは、長い思考ではない。

思考というより、一秒に満たない、直感とでもいうべき、脳の働きの中でそう考えたのである。

蘭陵王のダンスが続いたのは、五・七秒であった。

六秒目には、そのダンスが止まっていた。

蘭陵王は、無門の両足の上に立って、動きの一切を止めていたのである。

どちらが、この静止をもたらしたのか。

見ている者にはわからなくとも、当事者である無門にはわかっていた。

蘭陵王だ。

蘭陵王が、最初に、この静止のための動きを始めたのだ。

この、繊細すぎるほど繊細なこの動きは、互いの動きが作り出したものだ。一方が、静止のための動きに入ったら、もう一方も、自然にその動きになってしまう。

二秒に満たない時間で、その静止に至ったのである。

無門は、右足を高く持ちあげて静止している。

右膝が曲がっている角度は、わずかだ。

それに比べて、左膝は、右膝よりもやや深く曲げられている。つまり、左足の位置は、右足よりもわずかに低い。

蘭陵王は、無門の右足の上に左足を、左足の上に右足

を乗せて、両手を左右に突き出し、手の平を左右に向けて開き、そこから、それぞれ、人差し指と中指を立てている。

どうして、蘭陵王は止まったのか。

すぐに、無門はその理由に思いあたった。

そういえば、蘭陵王の舞のリズムに、わずかな変化があったのだ。

あるかなしかの、変化。

こうなってはじめて、気がつくことのできる変化――リズムの乱れだ。

その理由は――

ゴブリン春日だ。

ゴブリン春日が、蘭陵王の、おそらくは左足の脹脛《ふくらはぎ》の肉を千切ったことが原因だ。

その血が、蘭陵王の左足に流れるのを見ている。

あれが、足の裏までまわったのだ。

その血で、滑る――

滑って、バランスを崩す。

それを蘭陵王は怖れたのである。

やったな、ゴブリン春日。

ここまでが、静止してから〇・八秒――

一秒たった時には、無門は、それを仕掛けていた。

蘭陵王が、上で踊っている最中に仕掛けようと考えていた技だ。

蘭陵王は、この技を知っている。

モニターで見ているはずだ。

だから、きく。

無門は、頭を持ちあげる。

右手を、後頭部に隠し、そして、左手の指をそろえて持ちあげる。

そろえた指先が指しているのは、蘭陵王の顔だ。

むう……

という、蘭陵王の呼気が、聴こえたような気がした。

どうだ。

これは、神野仁が開発した技だ。

柳龍光が、自分に向かって仕掛けてきた技だ。

空弾。

ダメージは与えられないが、眼に当てれば、一瞬、注意がそれる。

その仮面の穴の中に、この空弾が入る。

空気が、眼球を打つ。

もちろん、空掌を使うことのできる神野仁や、柳龍光の放つ空弾に比べれば、その威力は半分くらいだろう。

それでも、眼に当たれば、多少の効果はある。

さらに——

かんじんなのは、蘭陵王は、これから自分が放つ空弾の威力をわかっていないということだ。

そりゃそうだろう。

やろうとしている自分だってわかっていないのだ。

大事なのは、これから自分が何をやろうとしているのか、蘭陵王にわからせてやるということだ。見えるように、してやるということだ。

蘭陵王を、惑わしてやることだ。

「いいブラフだ……」

蘭陵王は、つぶやいた。

「でも、それに、どのくらいの力があるんだろうね？」

「ぼくにもわからないんだよ、おじさん――」

無門が下から答える。

「試してみるんだね」

「うん」

うなずいた時には、無門は放っていた。

ぱあん――

音が響いた。

もしも、蘭陵王が、空弾を避けるか、眼を閉じるかすれば、それが、チャンスになる。

どちらもせずに、眼にそれを受ければ、一瞬、注意力が落ちる。

問題は、眼を閉じた時だ。

仮面の奥にある蘭陵王の眼が、閉じたか閉じないかは、見えにくい。

しかし、無門と蘭陵王は、会話をした。

眼と眼を合わせている。

仮面のふたつの穴の奥に、濡れたように光る黒いものを、無門は見ていた。

しかし――

その眼が見えている見えていないは、もう関係がない。

顔をそらせる――

顔を袖で隠す――

眼を閉じる――

眼に空弾を受ける――

そのどれであれ、やることは同じなのだ。

空弾を放った瞬間、無門は、二本の足で、おもいきり下から蹴りあげていた。

感触は、ほとんどなかった。

感じたのは、小猫ほどの重さだ。

小猫ほどの重さのものが、自分のふたつの足の上から、宙に跳んだ――そういう感触を、無門は味わっていた。

蘭陵王は、大きく宙に跳びあがり、一転していた。

その背景は、天だ。

星の数が減っている。

夜明けが、だんだんと近くなっているのだ。

それが、無門にはわかった。

蘭陵王が地に降り立った時、無門もまた起きあがり、そして、構えていた。

左手が前——

そして、右拳がそのすぐ後ろ。

「虚空拳」

無門は言った。

愚地独歩のそれと違っていたのは、前に出した左手に、無門の帽子がかぶさっていたことだ。

「ふぅん……」

無門の構えを見て、蘭陵王は動きを止めた。

直立し、両肘《りょうひじ》を脇へ寄せ、胸の前で腕を斜めにクロスさせて、無門を見つめている。

両手からは、人差し指、中指をそろえて立てている。

無門の左手にかぶせられた帽子の意味を考えているらしい。

虚空拳——

と、無門は口にしたが、愚地独歩の虚空拳よりは、帽子の分だけ虚《きょ》の数がひとつ多い。

帽子に隠れて、無門の左手のかたちが見えない。

拳であるのか、握らずに開いているのか。

さらに左手の後方――ふたつ目の虚の陰には、右拳がある。

先ほど、愚地独歩がやったのは、蘭陵王との距離をつめ、左手の虚に右拳を隠したまま、左の掌底を当てにいったのである。

それを、蘭陵王に止められたのだ。

もちろん、それは、愚地独歩も承知していたことだ。

仮に、別のことを蘭陵王がやってきたとしても、愚地独歩のやることは同じだ。

その瞬間に、虚の空間から右拳を解き放ち、その時、一番効果的な部位に打ち込む――さっきの場合、それが、蘭陵王の仮面だったのである。

愚地独歩の拳の速さがあって、初めて可能な技だ。

が――

今の、無門の虚空拳の構えには、虚の空間がふたつある。

これが、愚地独歩の虚空拳との違いである。

わずかな時間に、無門は、虚空拳を進化させてしまったことになる。

先ほどの虚空拳は、相打ち——

無門の虚空拳はどうか。

どこまで、無門がこの進化形の虚空拳を使いこなせるのか。

そこにかかっている。

「なるほど……」

蘭陵王はうなずいた。

「ひとつ、変化の数が増えたってわけだ……」

「そうだよ」

無門がうなずく。

「おもしろいだろ、おじさん——」

「ああ、おもしろいね」

「ぼくが、何をやろうとしているのか、知りたいよね」

「うん」
「一番いい方法は、もう、知ってるよね……」
「ああ」
蘭陵王が、交差していた腕をほどき、腰を落とした。
足を前後に開いている。
左足が前――
右足が後ろ――
左手が前。
右手が左手のやや後ろで、胸の前。
蘭陵王は、身体の前面を、これでガードしたことになる。
無門は、さっきの愚地独歩とは、違う手順を踏まなければならないことになった。
しかし、こうなることは、無門も承知している。
最初から、愚地独歩と同じことをやるつもりはない。
問題は、自分の両腕を、何度か蘭陵王に突かれていることだ。
痛みと痺れがある。
この両腕が、どこまで思い通りに動いてくれるかだ。
無門の身体は、小さく上下に動いている。
そして、足で、小刻みに左右にステップを踏んでいる。
蘭陵王が、左脚に怪我をしていることは、わかっている。
つまり、左脚を使う動きに、わずかながら遅れと乱れが生ずるということだ。
それを利用しない手はない。
右、
左、
右、
左、
右！
一歩踏み込みながら、右へゆくと見せ、左へ動きながら、前へ出る。
「ヒョッ！」
左手に帽子をかぶせたまま、無門は、左拳で、蘭陵王の、右の顳顬《こめかみ》を打ちにいった。

それまで、左手と帽子の陰に隠れていた、無門の右手が、ふいに、蘭陵王の視界に入ったことになる。

しかし、無門の右手は、もう、拳ではなかった。

二本の指が立てられていた。

人差し指と中指。

しかし、その二本の指は、蘭陵王のように、そろえられていなかった。

開かれていたのである。

ジャンケンのチョキ。

冗談!?

それが、拳であったら、蘭陵王は、意識を動かさなかったであろう。

しかし、それは、拳ではなく、チョキ。

この、あまりの意外さに、蘭陵王は、そこへ注意を向けてしまった。

二十分の一秒。

わずかな時間だが、その時間で、無門の左拳は、帽子と共に、子供の拳ひとつ分の距離を、もう動いている。

「ホ」

蘭陵王が、動く。

ビッ！

という音がした。

蘭陵王の、右手の二本の指が、帽子を突き破っていた。

おそるべき速さだ。

しかし、その時、帽子の内側に、もう、無門の左拳はなかった。

無門の左拳は、帽子だけを飛ばし、途中で軌道を変え、空いた蘭陵王の右脇腹に向かって、動いていたのである。

その手を、蘭陵王の左手が、上からはらうように斜め下に叩いた。

軌道がそれる。

その瞬間だった。

無門の右手が、蘭陵王の仮面に迫っていたのである。

その右手は、もう、チョキではなかった。

拳である。

その拳が、ちょうど、仮面の額の部分を叩いていたの

である。

ゴッ！

深くはない。

蘭陵王が、上体を反らして逃げたからだ。

しかし、浅くもなかった。

だが、間違いなく、無門の右拳は蘭陵王の額を叩いていたのである。

「キョエエエエッ！」

蘭陵王は、化鳥《けちょう》のような声をあげた。

そして、大きく後方に跳んでいた。

それを、無門が追う。

追う。

追う。

蘭陵王が、逃げる。

逃げる。

フォン……

と、無門の耳に、音が響く。

自分の速度があがる音だ。

どうだ、蘭陵王。

無門は、右の拳に、確かな感触があったことに気づいている。

ミシッ、

という、木に罅《ひび》の入る音だ。

「オ、オオオオ……」

蘭陵王は、声をあげながら逃げている。

しかも、その両手で仮面を押さえている。

さらに追う。

しかし、無門が、その追う足を止めたのは、蘭陵王が動きを止めたからだ。

しかし、蘭陵王の動きが止まっただけなら、無門は、攻撃を続けていたろう。

だが、蘭陵王は、動きを止めただけではなく、仮面を押さえていた両手を放していたのである。

そして、無門の方を向いたその仮面の中央には、縦に、亀裂が走っていたのである。

その亀裂が見えたから、無門は、動きを止めたのである。

ばかっ、

と、音をたてて、仮面が左右に割れていた。

からん、

からん、

と、ふたつに割れた仮面が地に落ちた。

蘭陵王が、仮面の下から現れるはずの顔を両手で覆った。

指の間から、ぎらぎら光る眸《ひとみ》が、無門を睨《にら》んでいる。

「見たな……」

蘭陵王は、言った。

「見たな、おれのこの顔を――」

もう、わたし、ではなくなっていた。

異様なものが、蘭陵王の全身から立ち昇っていた。

気？

そういうものではあるのだろうが、少なくとも、無門がこれまで体験してきたどのようなものとも違う。

無門の経験知でいえば、これまで闘った相手の中で、一番、他の者とは異なる気を発していたのは、柳龍光である。

人間というよりは、もっと原初的な古代生命体――もしも、そういう生命体にも気があるというのなら、まさにそういう気を放っていたのが柳龍光であった。

しかし、この蘭陵王が、今、放っているものは――どういう生命体が、このようなものを放つのかといえば、無門の感覚からすれば、もちろん「人」である。

あたりまえだ。

蘭陵王は、人だからだ。

が――

人でありながら、蘭陵王が今、その身から放っているのは、特別なものだ。

それは、怒っていた。

全身で怒っていた。

細胞のひとつずつまで、そういうものが、怒りと憎悪のため、自らを潰し、そこからこぼれた汁を、口から激しい呼気として吐き出すようにして、怒っていた。

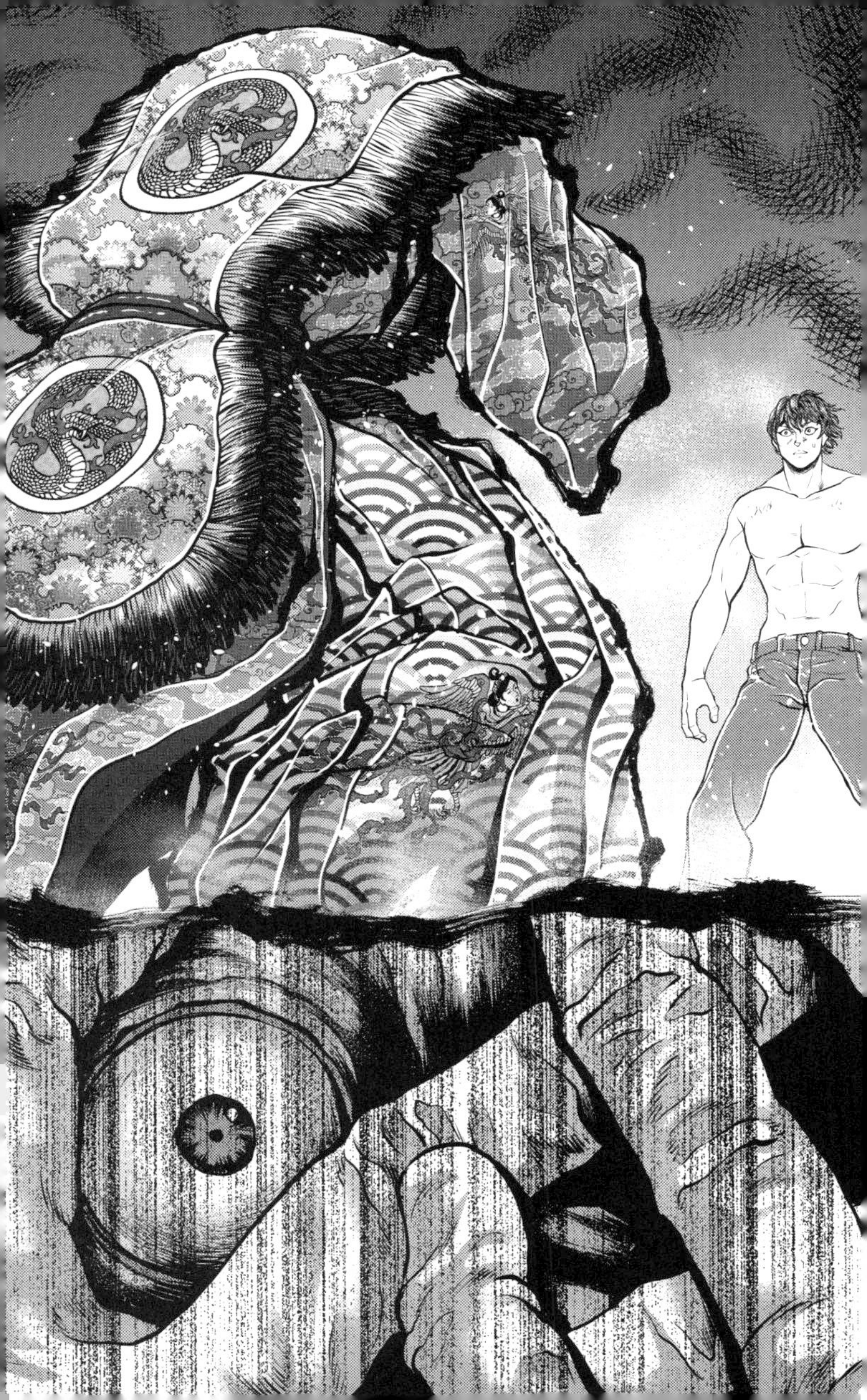

「きさま、よくもよくも、このおれを……」

体内から溢れてくる溶岩のようなはらわたを、そのまま口からこぼすようにして、煮えた言葉を無門に対してぶつけてきた。

が――

これは、何だ。

ただ、激しいだけじゃない。

言葉が、熱で焼け爛《ただ》れているだけじゃない。

おかしなものが、混ざっている。

気のバランスが複雑で読めない。

「よくも、このわたしの顔を……」

また、わたしにもどっている。

見たか、蘭陵王の顔を？

仮面が落ちる、そのほんの一瞬、蘭陵王の顔は、外気にさらされたはずだ。

しかし、一瞬だ。

いや、一瞬にも満たない時間だ。

蘭陵王は、その顔を両手で覆っている。

「許しません……」

「許さぬぞよ……」

蘭陵王が言う。

「あーあ、出てきちゃったよ……」

低い声で囁《ささや》いたのは、蛟黄金丸である。

その赤い唇には、あるかなしかの、細い笑みが浮いている。

久我重明に、表情はない。

その無表情までが、黒い。

黄は、ただ静かに、蘭陵王と無門を見つめている。

「そういうことかい……」

おもしろそうに、その言葉を口にしたのは愚地独歩だった。

「こんなに楽しませてもらえそうなら、さっきやめねえで強引に続けてりゃあよかったぜ」

ゆっくりと、蘭陵王が、顔面を隠していた両手をのけてゆく。

そして——

その下から、顔が現れた。

その顔を見た時、無門は、一瞬、呼吸を止めていた。

その顔は、顔の中心線から、左右に分かれていたのである。

左と、右の顔が、違っていた。

どう違うのか。

年齢——歳のとり方が、左右で違うのである。

左の顔が、二〇代の若者の顔をしているのに、右側の顔が、六〇代半ばの老人の顔をしているのである。

それが、きれいに顔の中心で左右に分かれているのである。

髪も、そうだ。

左の毛髪が黒いのに、右の毛髪は、みごとな白髪であった。

髭《ひげ》は、ない。

「伯爵病《はくしゃくびょう》……」

つぶやいたのは、久我重明であった。

伯爵病——

ヨーロッパで発見された、奇病である。

身体の一部が、歳をとらない病である。

たとえば、それが顔であったら、発病した時から、顔の老化が止まってしまうのである。発病が顔の全部である場合、見た眼でいえば、顔が歳をとらない。

四〇代、五〇代になっても、二〇代で発病したとすると、顔は、いつまでも二〇代のままだ。

しかし、感情的に昂《たかぶ》ったりすると、その若い顔が、ふいに実年齢に近い顔になったりする。

日本でいえば、龍王院弘《りゅうおういんひろし》（キマイラシリーズ）という人物が、この伯爵病であることで知られている。

もうひとりは、贄師《にえし》、音羽《おとわ》の紅丸《べにまる》（闇狩《やみが》り師《し》シリーズ『崑崙《くろん》の王《おう》』）だ。

様々なタイプがあり、その現れ方も人によって様々だ。

蘭陵王の場合には、それが、顔の左右に出たことになる。

テロメアの異常と、他の幾つかの要因が重なって、この病がおこるとされているが、詳しいことはまだわかっていない。

伯爵病の伯爵は、ドラキュラ伯爵の伯爵である。

しかし、無門には、そこまでの知識は、むろん、ない。

「我が血の中には、この伯爵病の因子が混ざっている……」

久我重明の言葉が届いたのか、蘭陵王が、つぶやいた。

ということは、蛟黄金丸の血の中にもその因子が受けつがれ、いずれ、発病するということか。いや、もしかしたら、すでに発病しているのか。

歴史的には、美しい顔を隠すものであった仮面を、蘭陵王の場合は、左右の年齢が違うという、人に知られたくない秘密を隠すために被っていたことになる。

「待ちなさい、無門くん」

蘭陵王は、そう言って、両手で、身につけている衣装を破りはじめた。

「これを隠すために、仮面を被っていたのだが……」

布が裂ける音が、響く。

あたりが、少しずつ明るくなってきている。

そして、蘭陵王は、上半身を覆っていた布——衣装を破り捨てていた。

見れば、左右の年齢の違いは、その肉体にも現れていた。

全体的には、その肉体は、細い。

レスラーや、柔道家に見られるように、筋肉が盛りあがるように発達しているわけではない。

ボクサーの肉体に近い。

しかも、よく締まっている。

だが、あきらかに、左の肉体が若い。

左に比べて、右の肉体は、少し薄いように見える。

これか――

と、無門は思った。

これだったのか。

さっき、蘭陵王の攻撃を、うまくリズムを読めず、何度か受けてしまった理由はこれだったのか。

蘭陵王の肉体は、左右が別人格であったということだ。

左右の筋肉の、質、能力が違うため、自然に攻撃のリズム、呼吸、パワー、速さが、左右で微妙に違うのだ。

もちろん、蘭陵王は、意識してそうしているわけではない。

自然にそういう現象が現れてしまうだけだ。

それだけに、動きを読みにくいのだ。

そのために、先ほどは、何度も攻撃を受けそこねて、腕にダメージを負ってしまった。

「さあ、いいよ、無門くん、わたしの準備はできたよ……」

蘭陵王が言う。

「おれの姿をさらした、その眼を潰してやろうか……」

声の質までが違う。

肉体が二分されることによって、人格までが二分されてしまったのだろうか。

人格の二分は、肉体の二分を原因とする後天的なものだろうか。

いけない――

と、無門は思う。

今、考えたのは、余計なことだ。

自分は、これからの闘いに集中しなければならない。

仮面と、重い衣装を脱ぎ捨てた蘭陵王の動きは、これまでよりもアップするはずだ。

全神経を、闘いの方に集中させねばならない。

しかし――

肉体のあちこちが、火照《ほて》っている。

肉が熱い。

それは、これまでの闘いで、打たれた場所だ。

身体もだるい。

さっき、愚地独歩の拳によって弾き出されたものが、

もどってきたのだ。

「さて、やろうか、無門くん……」

蘭陵王が言った。

「そうだね、おじさん……」

無門は言った。

## 3

無門は、考えている。

闘いながら、考えている。

思っている。

もちろん、これは、考えようとして考えているのではない。

思おうとして思っているのでもない。

考えようとして考えていたら、思おうとして思っていたら、闘ってなんかいられない。

脳が勝手に思っている。

脳が勝手に考えている。

時間は、短い。

閃光《せんこう》のような一瞬だ。

拳で打つその一瞬。

突きを躱《かわ》すその一瞬。

その透き間に、思考が光る。

それをトータルすれば、それは、思いや考えと呼ばれるようなものかもしれない。

そういう思考だ。

そういう意識だ。

身体は、重い。

おそるべき疲労感が、身体の内側から肉や背骨にぶら下がって、動きを鈍くさせようとしているのだ。

身体の重さが、五倍くらいになっているようだった。

何故闘うのか。

自分は、何故、今、蘭陵王の前に立っているのか。

闘う理由は、ない。

これまでは、あった。

義理の父――神奈村正介とは、闘わねばならない理由

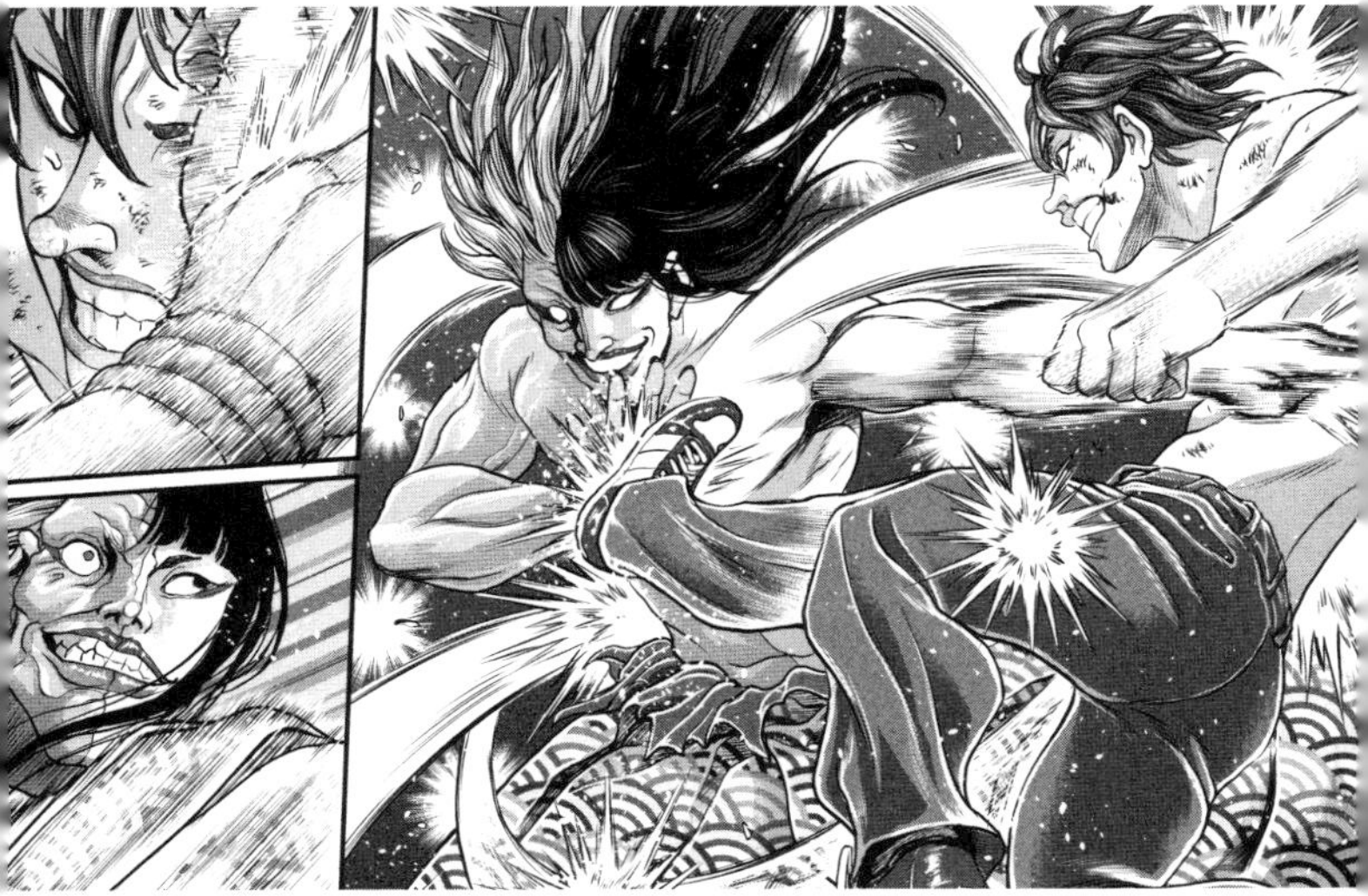

があった。

そして、柳龍光とも闘わねばならない理由はあった。

ゴブリン春日とも、羽鳥薫とも、神奈村狂太とも闘った。それは、柳龍光と闘うためには避けて通ることのできない闘いだったからだ。

しかし、今は――

金が欲しいわけではない。

無理やり闘いを挑まれたわけでもない。

いや、挑まれはしたが、避けることはできたのだ。

だが、自分はこの闘いを選んでしまった。

望んだといってもいい。

それを、自分はよくわかっている。

門をくぐってしまった――

そういうしかない。

一度くぐったら、もう、出ることのできない門だ。

強い者の前に立ったら、己を試さずにはいられなくなる場所――その地に入るための門だ。

それだけではない。


これまでの闘いで、知ってしまったことがある。

わかってしまったことがある。

それが、外から入ってきたものか、もともと自分の内部にあったものかはわからない。いや、たぶん、もともと自分の内部にあったのだろう。

それを、無門はうまく名づけられない。

しかし、ある。

それを思うと、狂おしい。

それを考えると、背骨が喜びの声をあげて軋《きし》る。

そういうものだ。

それが何かはわからない。

何だろう。

何と似ているのか。

愚地独歩が言っていたな。

拳は、杖であると。

そうか、そういうものか。

自分に、何があって、何がないのか。

拳と同じだ。

何も持たない掌《てのひら》がある。

握ると、拳になる。

拳がある。

その拳の中に、確かに握られているものがある。

しかし、開くとそこには何もない。

文字通りの空手《からて》だ。

闘う者は、その拳に、思いを握り込む。

悲しみを握り込む。

人生を握り込む。

何もないが、拳は、その人の全人格、全てを握り込んでいる。

拳は、宇宙さえ、その中に握り込んでいる。

人を、その拳で打つということは、自分の全存在を、相手に向けて打ち込むということなのだ。

それは、誰かの、相手の人生を壊してしまうことになるかもしれない。

怯《ひる》み。

畏《おそ》れ。

尊敬。

そのようなもの全てを、拳は愛として送り届けるものだ。

人を打つということは、人間への興味である。

自身の探究である。

叩く。

叩かれる。

これによって、自分は、人と人とがわかりあえることがあるのだということを、知ってしまった。

だから、今、柳龍光の、一番の理解者は、この自分であるとわかっている。

たぶん……

強くなるということは、自分でない誰かを幸せにするためなのではないか。

そうだろう。

うん。

うん。

自分の背骨をまっすぐにするために、打つのだ。

強くなるのだ。

そして――

おそらく、自分はまだ途上なのだ。

今、心に思っているそれは、最後の答えではない。

あるいは、それは錯覚かもしれないが、思い込みなのかもしれないが、少なくとも、今自分が両足で踏みしめている場所、大地の感触の一部であることは間違いない。

うん……
うん……
無門は、月を見あげながらうなずいていた。

## 4

薄い、白っぽい月だった。
薄明《はくめい》の空に、その白い月が浮かんでいる。
その月と自分との間に見えるもの——
人の足だ。
足の裏だ。
それが、ゆっくりと舞いおりてくる。
あれ?
いつの間に、自分は仰向《あおむ》けになったのか。
どうして、このような風景の中にいるのか。
舞いおりてくるのは、蘭陵王の右足だった。
そうか。
やられたのだ。

倒されたのだ。

それで、一瞬記憶がとんだのだ。

しかし、この速度は。

おもいきり力を込めて、おもいきり速く踏み下ろして、肋《あばら》を踵《かかと》で折ってやろうという速度ではない。

けして遅くはないが、ものを破壊してやろうという速度ではない。

では、この速度は何か。

疑問が脳に湧いた瞬間、無門は理解していた。

無寸雷神――

自分が、同じ技を使うからこそ、わかったことであった。

しかも、片足で。

挟まない無寸雷神。

そうか。

背にある地面、大地がもうひとつの手であり足なのだ。大地と足との間に挟むことによって、無寸雷神を発動させるつもりなのだ。


その時、無門は、もうひとつ、理解していた。

さっき、蘭陵王が、ライオンに向かって発動させた無寸雷神――あれも、同じことだ。ライオンの額を打った右掌《みぎて》と、ライオン自身の、勢いのついた胴の重さとの間に、ライオンの頭部を挟んだのだ。

わかったぞ。

この思考は、順を追って無門の脳裏に浮かんだのではない。全ての思考が、瞬時に閃《ひらめ》いたのだ。

ならば、やることは決まっている。

無門は、落ちてくる蘭陵王の右足に向かって、逆に、胸をせりあげた。

背と大地との間に、透き間を作ったのである。

無寸受け！

胸を、蘭陵王の右足が打った。

しかし、無門が受けたのは、本来受けるはずの、十分の一のダメージだった。

次にやることも、わかっていた。

胸を打ったばかりの右足に、左腕をからめにいったの

である。

その瞬間——

逃げた。

蘭陵王の右足が。

思った通りだった。

蘭陵王には、さっき、これに近い状況の中で、ゴブリン春日に脹脛《ふくらはぎ》の肉を千切られたという記憶がある。

それにプラスして、無門が、これまで闘ってきた相手の技を使ってきたという記憶もある。

その記憶が、右足をはなすという行為になったのだ。

起きあがる。

ありがとう、ゴブリン春日——

「おじさん、びびったね」

無門は言った。

## 5

「悪いかね」

蘭陵王が言う。

悪くない。

もちろん。

闘いにおいて、臆病は、恥ずべきことではない。

臆病な者ほど強い。

それは、経験知としてわかっている。

臆病というなら、自分だってそうだ。

――悪くないよ。

口にしそうになったその言葉を、無門は吐き出すのをやめた。

それは、言う必要のない言葉だ。

今、自分が、〝びびったね〟という言葉を口にしたのは、間をとるためだ。間をとり、無寸雷神をかわされたことで、蘭陵王がどれだけ心を乱されたのかを測ろうとしたのである。

乱れは、ない。

ただ、無門と同様に間をとろうとした。

それが、

〝悪いかね〟

という言葉になったのだ。

蘭陵王の問いに答えるかわりに、

「わかっちゃった……」

無門はつぶやく。

「何が？」

「言わない」

あえて、無門は言った。

わかったのは、片手の無寸雷神の秘密である。

相手が、ピラルクのように、水の中にいるのなら、片手の無寸雷神は可能だ。

そうでなく、空気中にいる相手にどうあの技を働かせるか。

それは、相手が、背に、地面や壁や、樹など、何かを背負っている場合だ。

この場合は、地面や壁が、もうひとつの手のかわりをすることになる。

もうひとつには、カウンターだ。

　ライオンのように、頭を前にして出てくる相手にならば無寸雷神を放つことは可能なのだ。この場合は、勢いのついたライオンの胴が、頭部に対して地面や壁のかわりになる。

　しかし、問題は、どれほど速く仕掛けても、そこに、二拍子を使ってしまうことだ。

いつか、愚地独歩が口にしたように、一拍子——ひと突きで無寸雷神を当てることができたら……

　無敵だ。

この闘いの最中に、それができるようになるだろうか。

もしかしたら、蘭陵王は、それができるのか。

それを考える前に、ゆるり、と蘭陵王が前に出てきた。

舞のようにゆっくりした動きだ。

しかし、見た目よりはずっと疾い。

半歩、退がる。

蘭陵王の身体が、深く沈む。

そして、半歩退がったばかりの無門のすぐ目の前にその顔が浮きあがってくる。

なんと、それが、もう間合の中だ。

腹を、踏まれた。

ずん……

蹴り、というよりは、踏まれる感覚だ。

おそろしく重い。

自分の動きが、のろくなっているのか。

溜まっている疲労の上に、さらにダメージをのせられたのがわかる。

こちらの攻撃のほとんどは、かわされている。

打ち出した拳や、足の一部に、蘭陵王が、その手や腕で、微《かす》かに触れる。すると、手や足の攻撃が、蘭陵王の手や腕を滑ってゆき、はずれてしまうのだ。

目的の花の手前で触れられるだけで、蝶《ちょう》のように花から攻撃が離れていく。

当たっているのは、充分なダメージをあたえられない攻撃ばかりである。

神技——

そういうしかない技だ。

このままでは、自分がもたない——それを無門はわかっている。

このまま、ダメージを受け続けているうちに、動きはさらに鈍くなり、いつか、致命的な攻撃を受けてしまうことになるだろう。それは、もう、それほど先のことではない。

衣装を脱いだ蘭陵王の動きは、着ていた時よりも、明らかに速くなっている。

今、無門が考え、ねらっているのは、寝技だ。

隙を見て、組む。

組んで、寝技に持ち込む。

しかし、果たして、蘭陵王に、どこまで寝技ができるのか、その見当がつかない。

そこに不安がある。

腹を蹴ってきた蘭陵王の右足を、無門は、両手でとりにいった。

が——

とれない。

衣装の一部を掴みはしたが、それを引き千切って、蘭陵王は右足を引いてしまったのだ。

く、

く、

く、

と、蘭陵王が嗤う。

「そんなに、おれと抱きあいたいのかね?」

「わたしが、どれだけ寝技ができるのか、知りたいんだね」

そうだ。

その通りだ。

「来なさい、無門くん」

蘭陵王が、腰を伸ばし、直立して、両手を左右に広げた。

好きなように、タックルしてきなさい——そういう姿だ。

どうやっても、失敗しないタックルだ。

胴タックルにいって、そのまま倒して上になることが

できる。

相手が、蘭陵王でなければだ。

しかし、相手は蘭陵王である。

タックルにいった途端、どのような罠が待っているのか。

左右に広げた両手が、頭部を両側から挟んでくるかもしれない。

無寸雷神——

それを避けるには、どちらかの脇に、頭を入れるか。

それは、ギロチンチョークの餌食《えじき》になるだけだろう。

古流では〝亀の首抜き〟だ。

うかつには、組めない。

闘いの最中に、隙を見つけて組む——そういう組み方ならいい。これは、あまりにも危険だ。

接した瞬間、一撃で極《き》める関節技——そういうものがあるか。

ある。

飛びつき逆十字。

あるいは、つい最近知った技、蝉丸《せみまる》だ。

蝉が、樹にしがみつくように、相手の上体にからみついて、極《き》める、これも古流の技だ。

現代風にいうなら、飛びつき三角絞め。

久我重明が、プロレスラー相手にやってのけた技。

しかし、この体勢からだと、技のかけようがない。

それとも——

組むと見せて近づき、いきなり打撃を入れるか。

しかし、そのくらいは蘭陵王も考えていることだろう。

思考がいきづまる。

いけない。

自分は今、蘭陵王に呑まれている。

それなら、自分のやることは——

ある。

無門は、その場で、両手を左右に伸ばし、蘭陵王と同じ立ち姿となった。

「おじさんからおいでよ」

今度は、無門が嗤《わら》う番だった。

「わかった」

迷うことなく、蘭陵王はつぶやいていた。

その言葉と同時に、蘭陵王の身体が、前に出てきた。

しくじった。

蘭陵王を惑わせてやろうと考えてやったのに、蘭陵王は、一瞬も迷わなかった。

ならば——

近づいてくる蘭陵王に対して、無門は自ら距離をつめたのである。

「ヒュッ」

無門の唇から、短い呼気がもれた。

前蹴り！

これはもう、これしかない。

シンプルだが、カウンターだ。

蘭陵王の腹目がけて、右の前蹴りを出したのである。

どまん中のどまん中だ。

さあ、どうだ。

入った！

蘭陵王の腹に、無門の右足の中足がめり込んでいた。

が——

手応えが予想の半分だった。

まっすぐであった蘭陵王の腰が、後方に引かれ、前かがみになったのだ。

腰が遠のいた。

その分、当たりが浅くなったのだ。

次の瞬間、左右から、挟まれていた。

蘭陵王の右手の人差し指と中指、左手の人差し指と中指——その指によって、左右から、無門の右足の脹脛《ふくらはぎ》が突かれていたのである。

つうっ!!

激痛が疾った。

右足から、感覚が消えていた。

右足の、膝から先が消失してしまったようだった。

生じたはずの痛みが一瞬で消えて、無感覚になる。

力を入れたいのだが、どこに力を入れていいのか、足の所在がわからない。脳が、足の行方を捜している。

カーフキック――脹脛《ふくらはぎ》を蹴るローキック。
それをきれいに、しかもおもいきり入れられた時の状態に似ているが、足の消失感は、その倍だ。

蘭陵王に、指で左右から突かれたせいだ。
右足を下ろしたのだが、地面の感覚がない。そのまま、足が沈んで、地面を踏んでいたのは膝だった。

身体が、がくん、と大きく右に傾く。

左膝を立てる。

右側から、右の顳顬《こめかみ》に向かって、疾ってくるものがあった。

蘭陵王の左足だ。

これに、無門は、ぎりぎりで対処した。

できなかったら、意識を頭部から外へはじき出されて、そのままブラックアウトしていたところだ。

なんとか対処できたのには、ふたつの理由がある。

ひとつは、まだ、意識がしっかりしていたことだ。それで、次の攻撃の予測ができたのである。

もうひとつは、右膝をつき、左膝を立てるというこの姿勢が、奇《く》しくも御式内《おしきうち》の構えに似ていたことである。

右肘《みぎひじ》を立て、これで、蘭陵王の左足の足首を受け、左手で、蘭陵王の左足の脛《すね》を受けたのである。

しかも、受けてから、両手で蘭陵王の左足をからめとって、足首をねじりながら、無門は自ら身体を左へ倒していった。

そのまま地面に倒れ込んで、寝技に入ろうとしたのである。

それが、できなかった。

何故か。

無門は、左手で蘭陵王の脛《すね》を止めたあと、手首を上から脹脛《ふくらはぎ》にからめている。同時に、蘭陵王の左足の爪先を、右頬《みぎほお》と右肩との間に挟み、頸《くび》の右側に固定し、右手の掌底を蘭陵王の左足の踵《かかと》に下から押しあて、足首をねじりながら、自らの身体を左に倒していったのである。

通常ならば、左足首がねじられ、その痛みに耐えられず、蘭陵王の身体は回転して、うつ伏せに地面に倒れるはずの技だ。

しかし、そうならなかったのだ。

無門が想定していた以上に、蘭陵王の左足首が、大きく回転していたからである。

ぐにゃり、

と、何か柔らかい異物を回転させたようないやな感触が、頸《くび》と、肩と、右手に残った。

しかし、無門の身体は、もう、左に傾いている。その傾いた無門の頭部に、左側から襲ってきたものがあった。

蘭陵王の、右足だった。

ごきゃっ、

という、鈍い音が、無門の頭蓋骨の中に響いた。

しかし、不自然な体勢からの蹴りであり、致命傷には至らない。

無門は、倒れ、二転、三転、わざと転がって、上体を起こす。

左膝を立て、右膝をつくかたちだ。

蘭陵王は、もう、立ちあがっている。

蘭陵王が、笑っているのがわかる。

この時には、もう、無門は何が起こったのか理解していた。

蘭陵王の、左足首の関節が、異常に柔らかいのだ。

おそらく、左足首だけではないだろう。全身の関節が柔らかいのだ。無門の今の感触から推測するに、常人の二割から三割。

　これは——

　たとえ、寝技勝負にいっても、普通の関節技が効かないということだ。使うのなら、通常よりも、三割以上も深く極めることのできる関節技でなければならない。

　そういう技があるのか。

　やるのなら、いっそ、頸動脈《けいどうみゃく》を絞める技の方がいい。

　だが、寝技で使えるのが、そういう技だけということになると、自分の不利は否めない。

　だから、さっき、蘭陵王は、両手を広げてわざわざ寝技を誘ってきたのか。

　どうすればいい。

　これなら、また、打撃の攻防にもどす方がいいのか。

　無門は、自分が、断崖《だんがい》の縁《ふち》に、爪先で立っているような気分になった。

　前も、後ろも、左右も断崖だ。

動けるスペースは、自分の両足が乗っている、三〇センチ四方の広さしかない。

どの方向へ足を踏み出しても、奈落の底へ落ちるだけだ。

無門は、いきづまっていた。

もはや、救いはどこからもこない。

愚地独歩が、助けに入ってくるはずもない。

もちろん、無門は、そんなことを期待しているわけではない。

無門が立っているそこは、

「絶望」

という名の場所であった。

誰の助けもこない。

そういう闘いだ。

どうすれば生きて、無事にここから脱出できるのか。

ああ——

いけない。

最もダメージの少ない負け方のことなどを考えてはいけない。

勝つことを考えろ。

打撃でも、関節技でもない技——いや、その両方である技が、この世にあるか。

ある。

それは、ある。

教えてくれたのは、松本太山だ。

「おい、無門」

と、ある時、松本太山は、夜の公園で声をかけてきたのだ。

「葛技《かずらわざ》ってえのを知ってるかい」

知らなかった。

「おまえさんの、葛城《かつらぎ》と同じ葛《かずら》の字をあてて葛技だよう。多少は、おまえにもゆかりがあるんだ。それを教えてやろう」

「葛技……」

「竹宮流《たけみやりゅう》だよう」

「——」

「奈良の古流だ。竹宮流では、関節技や絞め技を総称して、〝葛《かずら》〟の字をあてている。蔦《つた》が樹にからみつくのを見て、この名を思いついたんだろうよ。ここの葛技には、けっこう強《こえ》えものがある。打撃と関節が一緒になった技だ」

たとえば、虎王《こおう》。

たとえば、千鳥落《ちどりおとし》。

たとえば、獅子哭《ししなき》。

その名前が、無門の脳裏をよぎる。

虎王は、いうなれば、原形は飛びつき逆十字に近い。

たとえば、相手の右腕をとる時に、手をとった瞬間、飛んで、相手の顎《あご》に下から右膝をぶちあてる。これと同時に、とった腕を股の間に入れながら、相手の後頭部に左足の踵《かかと》を落とす。

つまり、右膝と左足の踵《かかと》との間に、相手の頭部を挟むような打撃を当てるのだ。

その後に、相手を顔面から地面に落とし、落とした時には、相手の右腕を、千鳥《ちどり》の羽のように上に持ちあげ、いわゆる脇がためのかたちにする。

最終形は、竹宮流の片羽《かたはね》千鳥《ちどり》のかたちに近いものになる。

膝と踵《かかと》を、虎の顎《あご》に見たてた技の名である。

そして、千鳥落は、両腕を同時に脇がためのように極《き》める——いわゆる千鳥のかたちになる。

立った相手の腰を折って前かがみにさせ、その首を両足でまたぎ、相手の両腕を脇に抱えて、葛技「千鳥」をかけた後、そのまま尻を落として、関節技をかけたまま、相手の顔面を地面に激突させる技だ。

虎王は、最初が打撃。

千鳥落は、打撃が最後になる。

これを、無門は、松本太山から教えてもらっている。

だが——

これが、蘭陵王に効くかどうかだ。

関節の柔らかい、蘭陵王に、通じるのか。

さらにいえば、当然蘭陵王は、竹宮流の技など承知であろう。

この技を、どうやってかけるのか。

試すしかない。

それには、当然、自分の肉体を餌《えさ》にしなければならない。

それが、いったいどれだけの犠牲を自分の肉体にもたらすのか。

しかし——

もう、自分の身体が反応してしまっている。

今、思いついたことに、肉体の細胞が、ぞくぞくと悦びの声をあげているのである。

試せ。

やれ。

やるしかない。

そう、自分の肉が叫んでいるのである。

「おじさん……」

無門は言った。

「もう少し、遊んでくれるよね」

無門は、自分が、白い歯を見せて、子供のように笑っ

ていることに気づいていない。
「死ぬ覚悟ができた顔だな……」
蘭陵王が言った時、
「ちゃあああっ！」
無門は、声をあげて前に出ていた。
右足は、もう動くようになっている。
痛みは残っているが、感覚がもどってきていることの方が、動きのためには重要だ。
当たる。
当たる。
こちらの攻撃が、これまでよりも当たるようになっている。
それは、わかったからだ。
蘭陵王の攻撃のリズムの秘密がだ。
そのリズムの透き間をねらって、拳を打ち込めばいいのだ。
が——
当てた攻撃が、どこまでのダメージを蘭陵王にもたらしているのか、それがわからない。

蘭陵王の右側——つまり、老いた方の顔に拳を当てると、ふっ、と蘭陵王の意識が、飛んだように見える瞬間がある。その眼が、遠くを見る。

どういうことか。

同じ攻撃を当てても、左と右とでは、ダメージに差があるということか。

老いた側の肉体の方が、ダメージが重い？

ならば、右の肋《あばら》の奥にある肝臓を——

当てた！

レバーへ、いい一撃を入れてやったぞ。

左の拳で、鉤《かぎ》打ちだ。

どうだ。

しかし、蘭陵王の動きは止まらなかった。

左手を後頭部にかけられていた。

そして、真下から跳ねあがってくるのは、蘭陵王の右膝だ。

しまった。

右半身の方が、ダメージに弱い——
誰でも考えそうなことだ。
それを、さもそうであるかのように、蘭陵王はブラフで演技をしてみせたのだ。
そして、今、自分は顎《あご》を膝で砕かれようとしている。
しかも、これは——
この速度。
このタイミング。
無寸雷神！
左手と右膝で頭部を挟み、無寸雷神を打ち込もうとしている。
顎《あご》に、膝が当たる寸前、
「ちいっ！」
無門は、その透き間に、右手を差し込んでいた。
右手で、膝頭《ひざがしら》を受けたのだ。
当然、膝の勢いは殺しきれず、無門は自分の右手の甲で、顎《あご》を打っていた。
しかし、無寸雷神の起こす波動を、その右手で殺していた。
「くわっ！」
「ひょっ！」
離れた。
肩で、大きく呼吸をしている。
今ので使いきってしまったか、自分の体力を？
いや、まだやれる。
だが、あと少しだ。
それほど時間はない。
外に表れている以上に肉体は消耗している。
「やるねえ、無門くん」
蘭陵王が言う。
答えようとしたが、息が乱れるのでやめた。
あれを仕掛けるのなら、もう、時間はない。
いいタイミングを待ってはいられない。
自分からゆくしかない。
両腕を左右に広げた。
さっき、蘭陵王が、組み技に誘う時にやったポーズだ。

「おれの真似《まね》だね。組みたいのかい、無門くん」

蘭陵王が、左右の唇で違う笑みを浮かべる。

「それ、裏があるね」

ばれたか。

いや、ばれたのは裏があるということで、その裏で何をねらっているのかまではわかるはずはない。

「いいよ、それにのってあげよう」

裏があるのは当然だ。

蘭陵王が、両腕を広げた時には、自分はもちろんタックルにいかなかった。

蹴りにいったのだ。

だから、蘭陵王も、単純にタックルにくるはずもない。

組んでくるのでも、打撃でもいい。

ポイントは、蘭陵王を動かすことだ。

そして――

無門がねらっているのは、寝技ではなかった。

それが、打撃であれ、組み技であれ、立ち技の攻防に入ることであった。

「いくよ」

　蘭陵王は、腰を落とし、なんと、無門と同様に、両手を左右に広げて、同じかたちをとったのである。無門と違っているのは、左右の手から、人差し指と中指、二本の指が立っていることだ。

「どうだね」

　言いながら、蘭陵王は前に足を踏み出し、まるで、友人の家の門をくぐるように、間合の中に入ってきたのである。

　もちろん、無門は、逃げなかった。

　間合に入ってきた蘭陵王に向かって、自ら足を踏み出していたのである。

　組まなかった。

　打撃から始まった。

　おそろしく近い距離での打撃の攻防だ。

　蘭陵王は、立てた二本の指で、無門の身体や頭部を突いてくる。

　蘭陵王の左手の人差し指と中指で、右の顳顬《こめかみ》を突かれた。

　無寸受けで、力の半分を殺してやった。

　もしもカウンターだったら、頭蓋骨に穴があいていたかもしれない攻撃だ。

　これはいい。

　突かせてやったのだ。

　自分の頭部をエサにしたのだ。

　その瞬間、無門は、自分の顳顬《こめかみ》を突いたばかりの、蘭陵王の左手の人差し指と中指を、右手で掴んでいた。

　おもいきり、内側にねじる。

　指折り！

　ねじりながら、蘭陵王の左肘《ひだりひじ》と左肩の関節まで、指二本をコントロールしながら極《き》めるやり方だ。

　が——

　極《き》められない。

　蘭陵王の関節が、柔らかいからだ。

　身体を前に倒し、左肩を、無門が力を加えた方向へひねることで、関節が極《き》まるのを防いだのである。

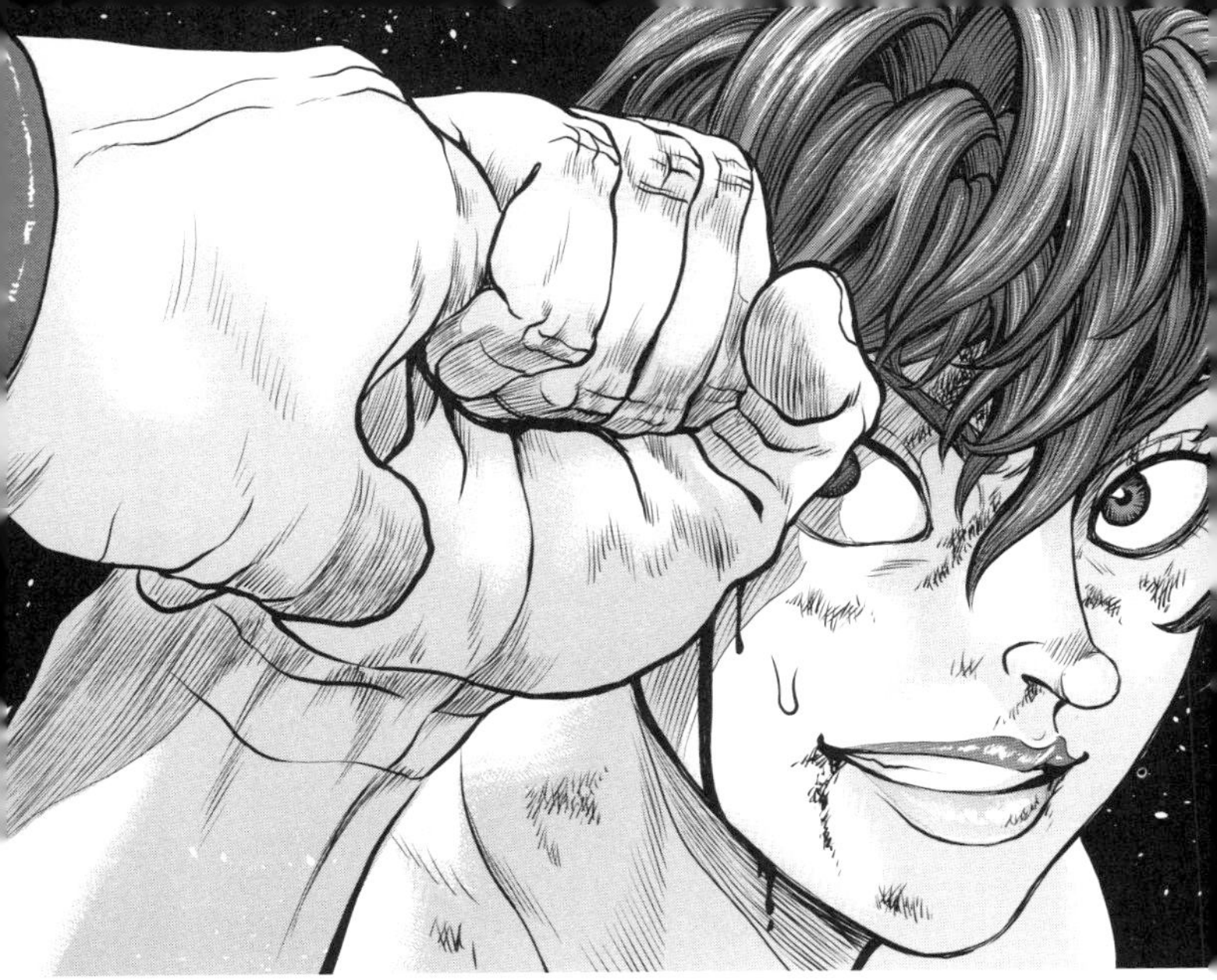

それでいい。

むしろ、これこそが無門のねらっていたことだったのである。

蘭陵王の、上体が一瞬、前方へ折れ、頭が下がる。

これこそが、まさに、竹宮流の、千鳥へ入る十二の方法のひとつ、〝羽《は》根《ね》打《う》ち〟であった。

「ちゃあっ!!」

無門は、浅く跳んだ。

左足で、蘭陵王の後頭部をまたぎ、いったん宙《ちゅう》に浮いた体重の全てを、その後頭部にかける。

同時に、蘭陵王の左腕に自分の右腕をからめ、上に持ちあげる。この時には、左腕で蘭陵王の右腕をからめとって、上へ持ちあげる。

千鳥が極まった。

しかし、蘭陵王の、肘《ひじ》と肩の関節の可動域にまだゆとりがあるのを、無門は極《き》めた感触でわかっている。

休まない。

いっきに、尻を落とした。

尻の下で、蘭陵王の顔面が、地面と激突するのがわかった。

千鳥落《ちどりおとし》！

竹宮流の奥義である。

しかし、これで、決着がつくとは、無門も考えてはいない。

この時には、蘭陵王の背で、無門は自分の両足を組んでいる。

ギブアップか？

とは、問わない。

まだ、蘭陵王の肩関節にゆとりがあるのはわかっている。

そのゆとり以上に、関節をのばしてやる。

蘭陵王の両腕を、自分の脇に腕でからめとったまま、

後方に倒れ込んで、ブリッジをする。

いっきに——

みちみち、

という音が、めりめりっという音にかわり、それが、

ボコッ、
という音にかわった。

蘭陵王の関節の限界以上に極《き》めた結果、肩の靭帯《じんたい》が千切れ、肩関節がはずれたのだ。

千鳥落から後のブリッジは、無門のオリジナルだ。

命名するなら、〝諸羽挫《もろはくじ》き〟である。

「グオッ!!」

蘭陵王が、喉《のど》の奥で、咆《ほ》えた。

勝った!?

無門は、そう思った。

無門は、技を解《と》き、ゆっくりと立ちあがる。

息を吐き出す。

三歩退がって、息を吸い込む。

「まだだぜ……」

低い声が、背後から聴こえた。

その息の黒さから、久我重明の声とわかる。

何!?

無門の眼の前で、蘭陵王の尻が持ちあがる。

膝をつき、上体を起こす。

蘭陵王が、起きあがろうとしているのである。

いや、起きあがるのはいい。

ボクシングで、ノックアウト負けになった選手だって、起きあがってくる。しかし、負けは負けだ。

一度、テンカウントされたら、その後、何度起きあがろうが、どれほど元気であろうが、負けは負けだ。

もちろん、これは、ボクシングではない。

ルールなどない。それはよくわかっている。

しかし——

両肩の靭帯《じんたい》を千切られ、肩関節をはずされた人間が、この後、どうやって闘うのか。

仮に、闘ったところで、どうやって勝つというのか。

「これからだな……」

これは、愚地独歩の声だった。

馬鹿な。

いったい、久我重明も、愚地独歩も、何を言っているのか。

蘭陵王は、立ちあがっている。

その両腕は、肩から左右にだらりと下がっている。

数センチ、十センチ近く、腕が長くなっている。

不敵な笑みが、蘭陵王の唇の両端に浮いている。

「あきゃあっ‼」

蘭陵王が、前に出て、右足で蹴りあげてきた。

それを、かわす。

「ちぇいっ！」

「かああっ！」

「しええっ！」

続いて、二撃、三撃、左右の足での連続技だ。

無門は、その全ての攻撃を、受け、流し、止めていた。

くらわない。

くらうわけがない。

蘭陵王の攻撃は、すでに速度を失っていた。

左右の攻撃の速度やタイミングの差も、ある程度の速度があってこそ、生きてくるものだ。今のこの速度では、自分は倒せない。それがわかる。

足で蹴る時は、腕や腰でタイミングを作り、速度をつける。

それができないのだ。

さらに加えて言えば、両肩には、動くたびにおそるべき激痛が疾っているはずだ。

それを思えば、よく、ここまで動けるものだ。

もしも、当たれば、それなりのダメージを加えることのできる攻撃であることもわかる。しかし、それは、当たればの話だ。

今の蘭陵王の攻撃は、自分に当たることはない。

もう、決着はついている。

蘭陵王は、どうして、敗北を認めないのか。

何故、誰も蘭陵王を止めないのか。

黄金丸ならば、もう決着がついているのがわかるはずだ。

「こりゃあ、いずれ、やられちまうぜぇ……」

愚地独歩の声が聴こえる。

やられる？

どっちのことだ。

もしかして、自分のことを言っているのか。

このままだと、この自分が負けると愚地独歩は言っているのか。

まさか。

「ちいっ」

踏み込んで、攻めた。

右拳を顔面に。

左のローキックを、右太腿《みぎふともも》に。

が——

倒れない。

この状態が、このまま続くとどうなるのか。

蘭陵王が、なおも攻め込んでくる。

ぞくり、

と、無門の背が、反応する。

自分は、渾身の力で、蘭陵王を打つことができない。

何故か。

もしも、そうしたら、蘭陵王が、どうにかなってしまうからだ。

生命《いのち》を落とすことだって、あるかもしれないからだ。

それを承知で、できるか。

打てるか。

できない。

打てない。

もしも、相手が元気で、おそろしい攻撃を加えてくる最中なら、それはできるかもしれない。

だが、今の蘭陵王の状態は⁉

プロが、アマチュアの、ちょっと格闘技を齧《かじ》っただけの人間を相手にしているようなものではないか。

蘭陵王が、喘《あえ》いでいる。

呼吸が乱れ、肩が大きく上下している。

ただ、眼だけがらんらんと光っている。

どうする。

どうしたらいい。

そして、無門は気がついた。

追いつめられているのは、蘭陵王ではなく、自分であるのだということを。

泥沼の中にいるのは、自分だ。

自分は、蘭陵王を殺せない。

もしも、相手を殺さなければ、この勝負が終わらないのだとすれば、負けるのは自分ではないか。

蘭陵王が、前に出てくる。

無門は、半歩、退がった。

退がってしまった。

どうして退がってしまったのか。

無意識のうちに、やってしまったことだ。

闘いの最中に、戦略的に、退がることはある。

それは、必要なことだ。

しかし、今の半歩は——

戦略ではない。

蘭陵王に、圧《お》されたのだ。

その威圧感で、退がってしまったのだ。

こんなことが、あっていいのか。

いいわけはない。

「馬鹿……」

小さな声で、囁《ささや》くようにつぶやいたのは、これまでずっと黙ったまま、ふたりの闘いを見つめていた蛟黄金丸だった。

〝おれ、できるんです〟

自分は、義理の父親が、ライオンに襲われるように仕

掛けたことのある人間だ。
しかし、それには理由があった。
その理由が、今は、ない。
そして――
松本太山にも、自分は無寸雷神を打ち込んでいる。
自分は、それができる人間なのだ。
そうなのだ。
〝おれはできる〟
のだ。
だから――
だから、こわいのである。
おそろしいのである。
「楽にしてやれ……」
これは、愚地独歩の声だ。
そうか。
自分のためではない。
相手を、蘭陵王を楽にしてやるために――
覚悟を決めた。

深く息を吸い込み、前に出て、蹴りを受ける。
すぐそこに、欅《けやき》の樹がある。
ちょうどいい。
前に出て、押す。
右の蹴りがくる。
それを左肘《ひだりひじ》で受けて、右足で、蘭陵王の左の軸足――
左膝を、横から踏みつけるように蹴る。
ぐじっ!!
蘭陵王の左足が、膝のところから、折れて横に曲がる。
いくら関節が柔らかくても、これは、防げない。
蘭陵王が、後方に倒れかかる。
しかし、倒れることはできない。
背のところに、欅《けやき》の幹があるからだ。
そして――
蘭陵王の胸に、右掌底を正面から叩き込む。
片手の、無寸雷神。
背の幹を、もうひとつの掌のかわりにして、行うやり方だ。

「ごはっ！」

蘭陵王は、大量の呼気と共に、血を吐き出した。

その血が、ざぶりと、無門の胸にかかる。

蘭陵王の、ふたつの眼球が、無門を睨んでいる。

「いいねえ」

蘭陵王の、血まみれの口が、そう言って笑った。

「でも、少しずらせたからね……」

蘭陵王が言う。

無寸雷神のタイミングが、ほんのわずかにずらされたことを、無門はわかっている。

ただ、それでも、致命傷のはずだった。

「最後のとどめを、おろそかにしちゃあ、いけないよ」

蘭陵王が言った時、

「そこまでだね」

無門の背後から、声がした。

いきなり、背後を振り返るということを、無門はしなかった。

半歩退がり、もう一歩で左へ移動した。

そこではじめて振り返る。

無門から少し離れて、右側に、人影が姿を現して立ち止まった。

蛟黄金丸だった。

「きみの勝ちだよ、無門くん……」

黄金丸が言う。

しかし、黄金丸は、無門を見てはいなかった。

黄金丸が見ているのは、父である蘭陵王であった。

「ここで、出てきたか……」

蘭陵王が言う。

「ぼくらの間には、まだ、すませていないことがあるからね――」

唇に涼しい笑みを浮かべたまま、黄金丸は蘭陵王を見つめ、

「だよね」

そう言った。

「そうだったな……」

「今日、今、ここでいいよね」

「そういうことになるか」

「まだ、やれるよね」

「むろん」

蘭陵王がうなずく。

なんだ!?

と、無門は、思う。

何だ、いったい何の話をしているのだ、このふたりは――

勝負はついた――そう思っていた。

しかし――

どうして、その勝者をこの黄金丸が決めるのか。

それに、何だ。

〝まだ、やれるよね〟

って、その言葉にどうして、蘭陵王がうなずくのか。

それは、まだ、おれとの決着がついてないってことじゃないか。

「ここは退がっておけ、無門」

背後から響いてきたのは、久我重明の黒い声だった。

左肩を、背後から叩かれた。

愚地独歩の、分厚い右掌が、無門の左肩にのせられていた。

「ここからは、おれたちは立ち会い人だ。無門、おまえもな」

愚地独歩が言った。

立ち会い人?

愚地独歩の右掌が、うながすように無門を静かに後方

に引いた。

その力のままに、無門が、三歩、四歩、退がる。

蘭陵王と、黄金丸のやりとりは続いている。

「もう、始まってるよね……」

小さな、囁《ささや》くような声で、黄金丸が言う。

「とっくにね」

蘭陵王が、血まみれの口から、血を吐き出しながら言う。

「この時の来るのを、ずっと待ってたんだ……」

黄金丸の声が、微《かす》かに震えているのは、緊張のためらしい。

「おれの時も、そうだった」

「今度は、ぼくの番……」

「本気でゆく」

蘭陵王が言う。

蘭陵王は、背を欅《けやき》の幹にあずけている。

その身体を支えているのは、右足一本だ。

両腕は、だらりと左右の体側に沿って垂れている。

この状態で、いったい、どのような動きができるというのか。

ふたりは、わずかな距離で、向かいあっている。

もしも、蘭陵王が、背を欅《けやき》の幹にあずけていなければ、間合の中だ。

最初はばらばらだったふたりの呼吸が、だんだんと重なってゆく。

それに従って、ふたりの間の大気が張りつめてゆく。

と——

蘭陵王の上体が、信じられない速度で前に出た。

背筋《はいきん》だ。

蘭陵王は、背筋で幹を蹴って、上体を前に出したのである。

そして、右足で地を蹴っていた。

蘭陵王の身体が、宙《ちゅう》に浮きあがってゆく。

それが、スローモーションで、無門には見えた。

そして、左膝が浮きあがってゆくその先は、黄金丸の顎《あご》だ。

ドーン

折れてはいても、その左膝の一撃だけは、相手の顎《あご》にぶち込むことができる。

後のことは考えない。

そういう、渾身の一撃であるとわかる。

なんと美しい……

無門は、そう思った。

美しい姿。

美しい速度。

美しいかたち。

もしも、自分が、最後のとどめにいって、あれをやられたら、避《さ》けることができたかどうか。

自分の勝利を確信し、油断していたら——

黄金丸も、動いていた。

退がって、膝をかわしたのではない。

「ヒョッ！」

前に出ていた。

前に出て、跳び、持ちあがりきる前の蘭陵王の左膝の上を、右足で軽く踏んでいた。

優雅な動きだった。

そして、その両手で、蘭陵王の髪を掴んでいた。

蘭陵王の頭部を、手前に引く。

近づいてくる蘭陵王の顔面に、黄金丸の左膝が、打ち込まれた。

なんとも美しい、優雅な動きだ。

しかし、その攻撃は、もちろん容赦がない。

そのまま、蘭陵王は、仰向けに倒れ込んでゆく。

だが、黄金丸の膝は、まだ蘭陵王の顔面にくっついたままだ。

倒れた。

黄金丸の全体重がのった左膝が、大地に触れたばかりの蘭陵王の頭部を、
ぐちゃっ！

と、潰していた。

そして——

ゆっくりと、黄金丸が、蘭陵王の上から下りて、立ちあがった。

蘭陵王は、動かない。

「終わったね……」

黄金丸が、蘭陵王を見下ろして、つぶやいた。

終わった？

いったい何が終わったのか。

無門の心の中に湧いた疑問に答えるように、

「終わったな、儀式が……」

久我重明がつぶやく。

黄金丸が、振りむいた。

喜悦《きえつ》の表情が、その顔に浮かんでいた。

強い悦びと興奮が、黄金丸の全身を包んでいるのがわかる。

その時——

「くっ!!」

と、声をあげて、黄金丸が、いったんのけぞってから、前に身をかがめた。

その顔を、両手で覆っている。

そのまま、顔面から地面に倒れ込み、二転、三転、呻《うめ》き声をあげ、身体をねじりながら、黄金丸は地面を転げまわった。

駆けよろうとした無門を止めたのは、黄海王だった。

「今、ぼっちゃんに触れてはなりません」

無門が動きを止めた時、黄金丸もまた、動きを止めていた。

黄金丸の左肩が、地面に落ちていたものに触れたのだ。

それは、さっきまで蘭陵王が被っていた仮面の、右半分だった。

地面に、顔を伏せたまま、黄金丸の右手が、その仮面の割れた右半分を掴んだ。

大きく呼吸を整えてから、黄金丸が起きあがっていた。

その顔の右半分を、黄金丸が右手に持った仮面の半分が隠していた。

黄金丸の、顔の右半分に、今、何かがおこったのだ。

だが、何がおこったのか、それがわからない。

黄金丸が、まっすぐに、無門を見つめている。

その顔の左半分は、これまでの黄金丸だ。

左の眼が、無門を見て、少し、笑ったように見えた。

「無門くん、今日から、ぼくが蘭陵王だよ……」

黄金丸は言った。

何⁉

なんだって。

今日から、黄金丸が蘭陵王？

父親から、今、その仮面を受け継いだということか。

それは、つまり、今のふたりの闘いが、蘭陵王を受け継ぐ儀式であったということか。

「無門くん」

黄金丸が、声をかけてきた。

「今日でなくていいよ。でも、これで、ぼくはきみと闘《や》らなければならなくなった。きみが、どれだけいやでもね」

いや？

まさか。

その想いが、ふつふつと腹の中からこみあげてくる。

いやなものか。

いやなものか。

「やっと、来た。ぼくの番がね。いつか、闘《や》らなくちゃならないと思ってたんだよ。でも、無門くんのおかげで、それが早まった。少しだけどね。ありがとう。お礼を言うよ――」

その時、無門の背を、

どん、

と、拳で打ってきた者があった。

愚地独歩であった。

「返事をしてやれ……」

そうか。

儀式を終えたばかりの黄金丸に、応《こた》えてやらねばならない。

愚地独歩の前で。

久我重明の前で。

黄海王の前で。

自分も、ついしばらく前に、獅子の門をくぐったのだ。

「もちろん――」

無門は答えた。

逃げるつもりはない。

今は、自分も、黄金丸も、巨大なこの世界――このゆうえんちに棲《す》むものなのだ。

逃げることなんて、できるものではない。

「楽しみにしているよ、その時をね」

「ぼくもだよ、無門くん」

黄金丸の左半分の顔が、嬉しそうに笑った。

その時――

サイレンの音が響いてきた。

〝ゆうえんち〟

が、閉園する合図の音だ。

見あげれば、中天《ちゅうてん》にあった月が白くなって傾き、観覧車のてっぺんに、陽光が差していた。

その観覧車の上の空に、腕を組んだ松本太山の顔が見えた。

その顔は、無門を見下ろしながら、笑っているようであった。

## 転《てん》章《しょう》　世《せ》界《かい》格《かく》闘《とう》大《たい》戦《せん》
## 鹿《か》久《く》間《ま》源《げん》は語《かた》る

ああ、あのおっさんのことだろ。

知ってるよ。

性格が暗い奴だよ。

オレのとっておきの女の話したって、ぜんっぜん笑わないからさあ。

ああいうタイプ、絶対、女好きのスケベ親父だと思うんだけどねえ。

だから、黒いもんが好きなんだねえ。

いつかさ、後ろから、キンタマ蹴りあげて、めためたにしてやろうって思ってるんだけどね、なかなかその隙がないんだよな。

だから、久我重明のおっさんだよ。

え？


違うの。

誰よ。

あ、力剛山《りきごうざん》ね。

力剛山のことなのね。

知ってるよ。

だって、オレ、力剛山の最後のファイト見たからね。

ほら、赤坂のクラブでやった、龍金剛とのストリート——じゃないか、インドアファイトだよ。

オレ、あのクラブで、バイトしてたからさあ。

十代の頃よ。

え⁉

その時、どうして、
ふたりのファイトが始まっちゃったのかって？

さあねえ。

うん。

そうそう、龍金剛の奴がやってきて、力剛山に話しかけたんだよ。

それで、ふたりは闘い始めちゃったんだねえ。

だからさあ、何でふたりがおっぱじめちゃったのか、
それがわかんないんだよ。
うん。

でも、何を龍金剛が言ったかは覚えてるよ。
オレ、ワイルドターキーのボトル持って、力剛山のいるテーブルに行ったんだよ。

もうひとりの、バイトのボーイと一緒にね。

あ、そいつの話はもう聞いたんだ。

それで、オレのところに来たの？

ああ、オレの方が、力剛山の近くにいたからねえ、それで、聞こえちゃったんだねえ。

龍金剛の奴、力剛山の耳に口をよせてね、こう言ったんだよ。

「準備はできてるかい」

ってね。

そうしたら、

「できてるさ」

力剛山がそう答えたんだよ。

それで、始まっちゃったってわけなんだ。

だからさあ、それがスイッチだったってえのは、オレもわかるよ。

でも、どうして、それがスイッチになっちゃったのか、それがわかんないんだよねえ。

なんだろうねえ。

そもそもさ、力剛山、もともとは相撲《すもう》取りだろ。

龍金剛だって、相撲取りだろ。

だからさあ、相撲つながりの、何か深い因縁みたいのがあったんじゃないの。

あのふたりにさあ。

どうよ、おっさん。

# 1

弘安《こうあん》の役《えき》——

俗にいう二度目の蒙古《もうこ》襲来は、弘安四年（一二八一）のことであった。

その軍団、兵の数も、軍船の数も凄まじい。元《げん》軍、高《こう》麗《らい》軍、合わせた東路《とうろ》軍が、四万人から五万六千九百八十九人——これが、軍船九百艘《そう》。

江南《こうなん》軍十万人と江南軍水夫《すいふ》——彼らの乗る船が三千五百艘。これに合わせて、モンゴル人が主力となった蒙古軍四十万人——全て合わせて、五十四万人から五十五万

六千九百八十九人に余る人数が、日本に襲来したのである。

それというのも、七年前、文永《ぶんえい》十一年（一二七四）、一度目の襲来のおり、対島《つしま》をはじめとして、日本をおおいに蹂躙《じゅうりん》したものの、大風《おおかぜ》のため多くの軍船と人を失い、敗北同然で、蒙古軍は逃げ帰っていたからである。

しかし、二度目の時も、風が吹いた。

一度目の時は、ただの大風であったが、二度目の時は、台風による風であった。

七月三十一日——

朝。

博多湾《はかたわん》。

昨夜、あれほど荒れ狂っていた天と海が、朝の陽光の中で、狂おしいほど青い。

浮かんでいる白い雲の動きは、速い。

波はまだ荒く、白波が一番高いところで風に千切り飛ばされて、空の彼方《かなた》へ消えてゆく。

数えきれぬほど、海に浮いていた蒙古の軍船が、今は、一艘も見えない。

かわりに、白い砂浜のあちこちに、壊れた軍船が打ちあげられている。

その船の間に、蒙古兵の屍《かばね》が、累累《るいるい》と横たわっている。

しかし、轟《とどろ》く波を背にして、独りだけ、砂浜に座している兵がいた。

それを見た日本の兵たちは、はじめ、死体かと思った。蒙古兵の死体が、波によって打ちあげられた時、たまたま、胡坐《こざ》したようなかたちになったのであろうと。

なにしろ、その座した蒙古兵は、甲冑《かっちゅう》を身につけていたからである。

重い甲冑を身につけて、海に投げ出されれば、沈むしかない。

刀を抜いて、何人かの日本の兵が、おそるおそる近づいてゆくと、その蒙古兵が、ぎろり、と眼の玉を剝《む》いた。

それで、日本兵たちは、あっと驚いて、刀を構えて、その蒙古兵を囲んだのである。

捕らえるか、殺すか、まだ、上の指示を受けていなかったからである。

様子を見に来ただけであった。

その蒙古兵は、静かに左膝を立てて、片膝立ちになった。

その瞬間、一番前にいた、工藤三郎《くどうさぶろう》という男が、おもわず、

「しえっ‼」

刀で斬りかかった。

キン！

という高い金属音が響いて、刀身が真ん中から折れて飛び、切っ先が砂の上に突き立った。

蒙古兵が、右手の指で、刀身の腹を叩いて折ったのである。

よく見れば、座しているにもかかわらず、この蒙古兵、大きかった。

立てば、充分に六尺半はあるであろう。

ざわめいた日本兵に向かって、その蒙古兵である巨漢

は言った。

「仕度《したく》は整《ととの》うたか?」

まぎれもない、日本語であった。

しかし、工藤三郎は、その巨漢が何を口にしたのか、一瞬、理解できなかった。

折れた刀を手にして、二撃目を加えようとした時、両横にいた坂田時宗《さかたときむね》という武《さむらい》と池端一之進《いけはたかずのしん》という武《さむらい》が、同時に斬りつけた。

この時、ざくりと右肩を斬られたのは、坂田時宗で、斬ったのは池端一之進であった。

立ちあがりながら、巨漢の蒙古兵が、斬りつけてきた坂田時宗の腕をひっつかみ、その身体をくるりと回転させて、自分の正面へ据えたのである。

池端一之進は、自分の仲間である坂田時宗を斬ってしまったことになる。

「仕度は整うたるかっ⁉」

巨漢の蒙古兵は、さらに大音声にて問うた。

これも、日本兵——鎌倉《かまくら》武士たちの耳には届かない。

「くわわぁっ」

「きええいっ」

「しゃあっ！」

「とおりゃ！」

次々に、この蒙古兵に向かって斬りかかっていった。

それをこの蒙古兵は、全て、素手で受け、斬りかかってくる者たちを、打ち、蹴り、投げ、踏み、百人余りを打ち倒した。

漢《おとこ》の周囲は、屍累々《かばねるいるい》——

首をねじ切られた者、腕や足を千切られた者、生きている者は呻《うめ》き声をあげている。

「引けっ、引けえ！」

叫んだのは、工藤三郎である。

日本兵が引いた後、ひとりになった漢に向かって、千本の矢が放たれた。

が——

矢は、一本も漢の身体には突き立たなかった。

漢が、自分に当たりそうな矢のことごとくを、素手で

払い、折り、あるいは宙《ちゅう》で掴み、避《よ》けたからである。

兜《かぶと》や鎧《よろい》に当たって、跳ねて地に落ちた矢も無数にあった。

漢は、汗もかかずにそこに仁王《におう》立《だ》ちになり、

「仕度、整いたるか？」

またもや、大音声《だいおんじょう》にて問うた。

これに、ようやく気づいたのが、最初にこの言葉を耳にした工藤三郎であった。

工藤三郎は、身につけていた武具のことごとくを砂の上に打ち捨てて、漢に近づいてゆき、何やら漢に話しかけた。

そして――

もどってきた工藤三郎は、

「都《みやこ》へ早馬《はやうま》を出せえ！」

このように叫んだという。

馬が出された。

十五日目に、都からの使者がやってきた。

この間、漢は、砂浜に座して、待った。

座したまま眠り、出された水と食料をとり、糞《ふん》、小便は、海の中で済ませた。

やってきた使者は、

「あい申しわけなし。仕度、まだ整うてはおりませぬ」

すると、漢は天を仰ぎ、はらはらと涙を流し、

「せんかたなし」

このように言って、兜を脱ぎ捨て、鎧を打ち捨て、

「また、来る」

そのまま背を向けて、海に入ってゆき、沖に向かって泳ぎ去ったという。

## 2

戦国武将の中でも、織田信長《おだのぶなが》は、はなはだしく相撲を愛した人物であった。

子供の頃から、自らも相撲を取り、安土《あづち》に入ってから——つまり、天正《てんしょう》六年（一五七八）から、天正九年（一五八一）までの間に、記録に残るだけでも、相撲会《すまいのえ》を九回も開催しているのである。

諸国から、名だたる相撲人《すまいびと》を呼び、闘わせた。

一説には、信長が今日《こんにち》いうところの土俵を作ったという話もあるが、絵や資料を見る限りでは、その事実はない。

相撲人は、土俵のない土の上で闘った。

当時の絵や資料などを見ると、この相撲会に、ただ一度、外国人が参加をしている。

それは、ヤスケという、実在した人物であり、黒坊《くろぼう》主《ず》——黒人であった。

天正九年（一五八一）に、信長は、京の本能寺《ほんのうじ》において、このヤスケと出会っている。

切支丹《きりしたん》のぱあどれが、信長に拝謁《はいえつ》するため、本能寺までやってきた時、ヤスケを連れてきていたのである。

身の丈六尺三寸（約一九一センチ）はあったらしい。

このヤスケを気に入って、信長はこの異形の大漢を召しかかえたのである。

当然、信長は、相撲会に、このヤスケを参加させた。

このヤスケが、おそろしく強かった。

諸国の猛者《もさ》たちを、殴り倒し、投げ倒し、二〇人抜きをした。

それを目《ま》のあたりにした信長、

「褒美《ほうび》をとらせよう。欲しきものあらば申せ」

このように言った。

するとヤスケは、

「千年前の約定《やくじょう》、はたしにまいりました。その仕度、整うておりましょうや」

このように言った。

もちろん、日本語である。

「何、千年前？」

問う信長に許しを得、ヤスケは、信長の耳に口をよせて、何やら囁《ささや》いた。

すると、すぐに、

「京へ使者を出せ！」

信長は言った。

翌日に、使者はもどってきた。

「まだ、その仕度、整うておらぬとのことじゃ――」

信長が言うと、天を仰いで、ヤスケははらはらと涙をこぼしたという。

その翌年、天正十年（一五八二）六月に、信長は、本能寺において、死んだ。

ヤスケは、本能寺において、素手で明智軍と闘っていたが、信長の死を知ると、いずこともなく姿を消したという。

# 3

大相撲史上、誰が一番強かったかといえば、それは、間違いなく雷電為《らいでんため》右《え》エ門《もん》であろう。

明和《めいわ》四年（一七六七）に生まれ、文政《ぶんせい》八年（一八二五）に死んだ、超巨漢である。

江戸の本場所に在籍すること三十六場所——そのうち二十七場所が大関であった。

当時、相撲の最高位は大関であった。

記録が残っている。

それによれば、この三十六場所中、黒星はただの十である。

勝率九割六分二厘。

空前絶後の相撲人《すまいびと》であった。

文化《ぶんか》七年（一八一〇）秋——

雷電は、小田原《おだわら》にいた。

松江藩主《まつえはんしゅ》である松平斉恒《まつだいらなりつね》の参勤交代《さんきんこうたい》にあたり、先発して、斉恒よりも先に小田原に到着していたのである。

雷電は、砂を踏んで、海からのぼる月を眺めていた。

ほどよく酒が入っている。

この時、雷電、四十三歳。

まだ、強い。

まだ、あぶらがのっている。

と——

人の気配があった。

背後であった。

振り返ると、砂の上に、黒々と何かがうずくまっている。

「雷電だな……」

そのうずくまったものが言った。

「そうだが」

「どうだ、仕度はできたか……」

「仕度？」

「千年に余る前、ぬしらと我らの間になされた約定《やくじょう》のこ

とじゃ」

「そのことなら、知っている」

「どうじゃ、仕度は?」

「それは、我らのことか、それともおれのことか——」

「いずれでもよい」

「おれならば、仕度はいつでもできている」

「では、やろう」

答えたとたん、強い熱気のごときものが、そのうずくまったものの内部から、むりむりと膨れあがってきた。

ずん……

と、それが、雷電に向かってぶつかってきた。

雷電は、それを、抱き止めた。

身体の大きさは、雷電とほぼ同じだ。

凄い力だった。

そのまま押された。

砂の上を、両足がずるずると滑り、海の中まで押された。

そこで、雷電は、踏みこたえた。

その途端、腰に力が加えられた。

背骨と腰骨に、

ばりばり、

めりめり、

という音が響いた。

さば折りだ。

背骨と腰骨を、同時にへし折られているのだ。

雷電は、こらえ、

「つやあっ」

投げた。

投げられた相手は、いったん波に沈んだが、そのまま起きあがって、砂の上を去ってゆく。

「嘘をついたな……」

去ってゆくその背が言った。

「ま、待て、勝負は、これか……」

その声は、ごぼりごぼりという音にかわった。

雷電は、上体を波の中に沈めていたのである。

雷電が引退したのは、その翌年、文化八年（一八一一）のことであった。

# 4

明治《めいじ》四十一年（一九〇八）二月、ロンドン。

夜半。

セント・ジェームズ・パーク。

芝生の上に、むっくりと立ちあがったのは、東洋人であった。


髪は、短い。

身長は、一六四センチ。

体重、七〇キロ。

左頬《ひだりほお》に、殴られたばかりの赤い痣《あざ》がある。この痣が青くなるまでには、もう少し、時間がかかる。

その東洋人の漢の足元に、仰向けに倒れているのは、ロシア人であった。名は、ジョージ・ハッケンシュミット。


　ロシアのライオンと呼ばれる、圧倒的な強さを誇るレスラーであった。

まだ、レスリングが、今日《こんにち》いわれるところのプロレスとリアルファイトとが混在していた時代だ。

キャッチ・アズ・キャッチ・キャンと呼ばれる、関節技をベースにしたアイルランドに生まれたランカシャースタイルのレスリングはすでにあり、それに拳での打撃を加えた、オールインと呼ばれる総合格闘技に近い試合形式も、この時すでにあった。

しかし、ビリー・ライレージムが生まれるのは、この時から五〇年近くたってからだ。

それらのレスリングを全て含んだ試合で、ずっと勝ち残ってきた人間のひとりが、このハッケンシュミットであった。

もうひとり、このハッケンシュミットと並んで、やはり勝ち残ってきたのが、フランク・ゴッチである。

この頃、格闘技——つまり、レスリングに興味のある者たちの間で、常に語られてきたこと——

「世界で一番強い男は誰か」

この問いの答えは、

「ハッケンシュミットとゴッチ戦の勝者である」

というものであった。

そのうちのひとり、ハッケンシュミットが、東洋人の足元で、眼を開いたまま、意識を失って仰向けに倒れているのである。

ハッケンシュミットが、この東洋人と会ったのは、昨日のことである。

一週間に及ぶレスリングの興行のためにロンドンに

やってきて、その会場となる劇場の控室でのことだ。

この当時、レスリングの試合は、シェークスピアなどの芝居が上演される劇場でよく開催された。四方から、リングを眺めるような試合ではなく、観客席——つまり一方向からのみの観戦である。

その東洋人は、スーツを着て、人なつこい眼で、ハッケンシュミットを見、

「私と勝負をしてほしい」

このように言った。

「試合」

「あなた、ジュードーは、子供の遊びだと言ったそうですね」

その東洋人が、控室のテーブルの上に置いたのは、その日に発行された新聞だった。

「きみの名前は？」

「ミツヨ・マエダ」

東洋人は言った。

それで思い出した。

ミツヨ・マエダといえば、十日あまり前、六日間にわたって行われたアルハンブラ劇場でのレスリング大会に出場し、六日目の決勝まで残って、なんとヘビー級のジミー・エッソンと闘った日本人ではないか。

見れば、小柄ながら分厚い身体をしている。

そうだ。

昨日、新聞記者がやってきて、インタビューを受けたのだ。

そこで、この東洋人のことが話題になり、

「東洋の魔法であるジュードーを使う、ミツヨ・マエダと闘って、勝てるか」

と問われたのだ。

それで、答えたのだ。

確かに言った。

ジュードーは、子供の遊びだ。ミツヨ・マエダはちびで、力も弱い。私の敵ではない。闘ったら、一分もかからず自分が勝利するだろう――

言った言わないで言うなら、確かに言った。

だが、それは言葉のアヤだ。

プロならば、みんな同じことを口にするだろう。目くじらをたてて、発言者の控室まで押しかけてくるほどのことじゃない。

「あれは、サービスだ」

記者が、おれが言ったことをふくらませて、勝手に煽《あお》っただけだ。

それを、ハッケンシュミットは説明した。

記者を呼びよせて、謝罪させた。

「きみはジュードーのチャンピオン、私は、レスリングのチャンピオン。どっちが強いか比べる必要はない。比べる意味も、方法もない」

そう言うと、ミツヨ・マエダは、子供のように、やろうやろうとだだをこねた。

「比べる方法はある」

言われて、ハッケンシュミットは、思わず訊ねた。

「どんな方法だ」

「禁じ手のない試合だ」

「なんだって？」

「あんたは、あんたの知ってるどの技を使ってもいい。レスリングの技だって、ボクシングの技だっていい。そのかわり、おれも、自分の知ってるジュージツの技を全部使う」

「ジュージツ、ジュードーではないのか」

「ジュードーは、ジュージツの流派のひとつだ」

「どっちにしたって、そんな試合は、誰も、金を払っては見に来ない。おれはプロだからね。金にならない試合はやらない」

「嘘だ」

　ミツヨ・マエダは言った。

「それは、おれと出会う前までのあんたのことだろう。今、あんたは、おれと出会ってしまった。おれとやりたいはずだ」

「――――」

　ハッケンシュミットが口を閉じてしまったのは、その通りだったからだ。

「明日の夜、セント・ジェームズ・パークで待っている」

「なに⁉」

「夜の九時から、翌朝まで、おれは公園を散歩している。あんたは、好きな時に来い。出会ったら、そこで試合開始だ」

「行かなかったら？」

「あんたの好きにすればいい」

「行っても出会わなかったら」

「そういうこともあるさ」

　それだけ言って、ミツヨ・マエダは出ていってしまった。
　それが、ずっと、ハッケンシュミットの心の中に引っかかっていて、夜の十一時、セント・ジェームズ・パークまで出かけてしまったのだ。
　本当に、ミツヨ・マエダが、いるのかどうか、それを確認するために。

それが、ハッケンシュミットの運命を決めてしまった。

前田光世《まえだみつよ》は、小さく息を吐いた。

ハッケンシュミット――おそろしく強い男だった。

身長一七五センチ、体重九十九キロ。

ただ、外での試合を企《たくら》んだのには、もちろん、理由がある。リングの上であったら、裸体の闘いになったのかもしれないが、外でなら、着衣での闘いになる。着衣なら自分の有利だ。

組む時に、殴られたが、ハッケンシュミットの着ていたジャケットの袖と、襟を掴んだら、すぐに投げることができた。

そして、送り襟絞めで極《き》めたのだ。

ハッケンシュミットのダメージは、ほぼない。

明日の試合にも出場できるだろう。

前田光世は、ゆっくりと歩き出し、少し歩いたところで、足を止めた。

後ろからつけてくる気配があったからだ。

足を止め、ふり返ると、芝生の上に、黒い影がわだかまっていた。

人だ。

人が、巨大な蜘蛛《くも》のように蹲《うずくま》っているのである。

「なんの用だね」

前田光世は訊ねた。

蜘蛛が立ち上がって、人の姿になった。その肉体から、やけどしそうな熱気が、むんむんと膨れあがってきた。

「準備はできたかい」

影が言った。

日本語だった。

「準備？」

「二千年近く前の約定《やくじょう》だ」

「なんのことだ」

「おまえ……。知らんのか？」

「知らん」

「ジュードーの連中は、知らんのか……」

「見当がつかん」

「ならばいい……」

そうつぶやいて、影が、後ろに退がってゆく。

「おまえ、誰だ?」

「タケミカヅチ」

そうつぶやいて、影は、ふっ、と姿を消していた。

たっぷり五分、そこに突っ立っていた前田光世は、

「ちぇ」

小さく舌を鳴らした。

「話なんかしてないで、やっちゃえばよかったなア……」

そして、前田光世は、また歩き出した。

前田光世は、この年、スペインに渡ることになる。

そこで、コンデ・コマと呼ばれるようになり、二〇〇〇試合無敗という、気の遠くなるような記録を打ち立てることになる。

「準備はできたかい」

次にこの言葉を聞くことになるのは、力剛山。

さらにその次にこの言葉を耳にするのは、猪狩完至《いがりかんじ》であった。

## 5

パリ——モンパルナスの森。
新緑の下で、ひとりの男が折りたたみ椅子に腰をかけ、絵を描いている。十号のキャンバスをイーゼルに掛けて、

今まさに、緑の絵の具を厚塗りした新緑の上にさらにのせているところだ。

東洋人とわかるが、東洋人にしては身体が大きい。立ちあがれば、優に二メートルに余ると思われる。観光客や、地元の人間が、その後ろをゆるゆると通り過ぎてゆく。

髪は長く、頭の上に、ベレー帽をのせている。

そのすぐ後ろに、立ち止まった人間がいた。

この人物もまた、大きい。その人物は、左手を、絵を描いている人物の左肩にのせ、

「準備はできたかい」

こう問うた。

その瞬間に、信じられないことが起こった。

絵を描いていた男が、いきなり跳躍したのである。

そして、宙《ちゅう》で一転して、身体を半ひねりして地に降り立ち、声をかけてきた男に対し、持っていた絵筆を、男の顔面に向かって突き出してきたのである。この巨体にしてこの動き、あり得ないほど疾い。しかも、絵筆を突

き出す時、絵の具のついた筆先の方を手の平にあて、筆の硬い方の部分を、拳から出すようにして突き出してきたのである。

声をかけた男は、それを、右手で受けた。

右手の人差し指と中指の間に筆を通し、拳の部分を手の平で受けたのだ。筆の棒部分の先が、男の右の眼球の三ミリ手前で止まっている。

「やばいなあ、斗羽《とば》さん」

声をかけた男は、そう言って笑った。

その男の顔面に、えぐれにも似た傷痕が何本も走っている。

左の額から右頬《みぎほお》にかけて、斜め下にひと筋。

右の額から左頬《ひだりほお》にかけて、斜め下にひと筋。

ふたつの傷がクロスしているのが、ちょうど両眼の間だ。

そして、左頬《ひだりほお》から右頬《みぎほお》へ、鼻を通って一文字にひと筋。

さらに、もうひとつは、顎《あご》の下で喉の上――ツキノワグマの月のかたちに似た傷がひと筋。

「完《かん》ちゃん⁉」

絵を描いていた男——マウント斗羽《とば》は言った。

こうして、マウント斗羽と猪狩完至《いがりかんじ》は、久しぶりに邂《かい》逅《こう》したのである。

一瞬、何ごとが起こったのかと足を止めていた通行人たちが、再び動き出した。

「どうしたんだい、その傷は——」

マウント斗羽が訊ねた。

「シコルスキーってえ、ロシア人に不覚をとってね。土下座作戦失敗よ。ションベンかけられてやったんだが、あれはソンしたなあ」

「その言い方って、完ちゃん、まだ負けたって思ってないね？」

「あたりまえだろ」

「失敗しちゃったんだ」

「そう言ったじゃないか」

「わかるよ」

「何が？」

「完ちゃん、お客のいないところで、そいつと闘《や》っちゃったんだろう」

「その通りさ」

「おれたちは、客のいるところで闘《や》ってナンボだからねえ」

「それにしても斗羽さん、今の動き、もう、膝、完治したんじゃないの？」

「ゆっくり休ませてもらったからね。そのための休養だからね。わかってたのかい」

「もちろん。だから来たんだよ」

「さっきの、〝準備はできたかい〟だね」

「そうだよ」

「どうしたんだい」

「その言葉を、三日前、聞いたんだよ」

「どこで」

「エラクのリングでね」

三日前——

猪狩は、エラクのリングで、エラクレスリングのチャンピオンと闘っていた。

相手は、オクラム・ペールワン。

エラクで、最強の戦士の称号であるペールワンの名を与えられた英雄である。

リング下には、マシンガンを持った兵士たちが、囲んでいる。

猪狩は、うつ伏せになったオクラムの背に被さって、上から、チョークスリーパーをかけようとしていた。

まさに、その絞めが極《き》まろうとした時、

「準備はできたかい」

下から、オクラムが声をかけてきたのである。

「なに⁉」

驚いた猪狩の手が緩んだ時、オクラムが、猪狩の右手に噛みついてきたのだ。

そこで、猪狩は、左手の中指でオクラムの眼を突いて、

「おれたちは、いつでも準備はできてるぜ」

そう言って、チョークスリーパーを極《き》めて、オクラムを落としたのである。

観客が、眼を突いた猪狩に怒って、暴動が起こりかけた。
マシンガンを持った兵士が、必死でそれを止めている時、それを救ったのは、レフェリーだった。
レフェリーのヨゼフ・トルコがマイクを握り、
「先にオクラムがイガリの腕を噛んだのだ。それでイガリはしかたなく、眼を突いたのだ」

このようなことを、観客にアピールしたのである。

これで、暴動はおさまった。

このリングで、猪狩は、ペールワンの称号を、エラク国王から授かったのである。

リングを下りる時、

「ちゃんと、耳にしたからな。準備はできていると言った言葉を――」

レフェリーのヨゼフは猪狩に言った。

「あの方に、きちんと伝えておくよ」

「あの方？」

「タケミカヅチにな」

「なに!?」

「それから、リング下にいる兵士たちは、客からあんたを守ろうとしているわけじゃない。あの方から、あんたを守るために、ああしてるんだ。それを忘れるなよ。よいか、近いうちに、タケミカヅチが、十二神将を引きつれて、必ず日本へゆくからな。で、相手をするのは誰なのだ？」

猪狩は、エラクであったことを、短く斗羽に語り終えた。

「え、じゃ、完ちゃん言っちゃったんだ、名前――」

「そりゃあ、勢いだからさ。その時思いついた名前をね」

「その中におれの名前は入ってるんだろうね」

「もちろん」

「よかった」

うなずいた斗羽の身体が、少し震えている。

「こわいのかい」

「こわかあない。嬉しくて震えてるんだよ」

「しかし、力剛山先生の言っていたことが、本当だったとはね」

猪狩が言う。

「ああ……」

マウント斗羽がうなずく。


ふたりが、力剛山から病院まで呼び出されたのは、深夜のことであった。ホテルのスウィートルームのような広い病室にいたのは、その時、力剛山、マウント斗羽、猪狩完至の三人だけであった。

「よう来た、おめえたち……」

声は掠《かす》れていたが、思いの外、太い声だった。

「おれも、もう、長いことなさそうなんでな、どうしても、誰かに伝えておかにゃあならねえ話があるんだよ。それを誰にするか、ずっと考えてたんだが、おめえたちしかいねえと思って、ここへ呼んだんだよ」

その真面目な口調に、ふたりは、思わず顔を見合わせた。

「いいかい。この日本の格闘技界というか、相撲の世界にゃ、昔から伝えられている古い古い秘事《ひじ》があるんだよ」

「秘事？」

斗羽が訊いた。

「そうだよ、千年、二千年伝えられてきた秘事だ……」

「二千年？」

猪狩が問う。

「本当か嘘かは知らねえ。しかし、ずっと伝えられてきて、それを知っているのは、いつの時代でも、相撲をやる連中の中でも、ひとりかふたり。おれは、相撲界を出ちまったがな。出る一年ほど前に、先代の親方から、この話を訊かされたんだ……」

「親方から？」

「どんな話なんです？」

斗羽と猪狩が訊く。

「復讐に来るんだとさ」

「復讐……」

「そうだよ」

「誰がです？」

「わからん。何代にも何代にもわたって、その復讐のために、技と力を磨き続けてきた連中が、世界のあちこちにいるんだとよ。そのトップの名が、タケミカヅチ……」

「タケミカヅチ？」

「そいつか、そいつの仲間が、時々、日本へやってきては、おれたちに準備はできているのかと、ある日、ある時、いきなり訊ねてくる……」

「できていると答えたら？」

「さあ、わからんね。その場で始まっちまうのか、あとから何か起こるのか。おれの場合は、こういうことになっちまったがな……」

力剛山は、右手を持ちあげ、サイドテーブルの上にあるものを指差した。

それは、古い木箱であった。

「あれを開けてみな」

言われた通り、猪狩が木箱の蓋《ふた》を開けて、中に入っていたものを取り出した。

それは、古い、モンゴル兵の被る兜であった。

「これは？」

斗羽が問う。

「鎌倉時代、元からモンゴル兵が北九州《きたきゅうしゅう》に攻め込んできた。その時、奴らが来たんだよ」

「タケミカヅチが？」

「本人か、一族の者かはわからんが、そいつが嵐の中ただひとり生き残って、訊いてきたんだとよ、準備はできたかってな」

「で、どうなったんです」

猪狩が訊ねた。

「準備はできてないと答えると、大泣きしてよ、甲冑を脱ぎ捨てて、泳いで帰っていったらしい……」

「では、これは――」

「その時、モンゴル兵が被っていた兜さ。先代が持っていたものを、おれが預かってたんだ――」

「では、先生は……」

「赤坂で飲んでる時に、言われたんだよ。準備はできたかいってな」
「龍金剛に？」
「そうだよ。準備も何も、売られた喧嘩は買わにゃならねえ。もちろん、できてるよって言ったさ。それで、こうなっちまった……」
「――」

「龍金剛の奴め、帰ってゆく時に、嘘をついたな――そう言い残して行きやがった」

「龍金剛が、タケミカヅチ？」

「それはわからん。しかし、おれの見たところ、一族の尖兵《せんぺい》だろうよ」

「なら、龍金剛を締めあげて、何者か白状させますか」

「やめとけ、今のおまえたちの敵《かな》う相手じゃねえよ。久《く》隅公平《ずみこうへい》な、あいつを鍛えて、適当な時に、地下闘技場《ちかとうぎば》で、龍金剛にあてて様子を見ればいい」

「地下闘技場⁉」

斗羽と猪狩が同時に訊いた。

「水戸の爺さんに、適当な時に会いにゆけ――」

「水戸の爺さん？」

「話はもう、つけてある。いいか、てめえら。いつか、必ずまた、奴ら、来るぜ。そして、訊いてくる。準備はできたのかってな。その時、どう答えるかは、おめえたちが、それぞれ決めりゃいい。だがな、今のおめえたちじゃ、まず相手にならん。この世の中にゃ、まだまだ強ええ奴らがいる。いざ、ことが始まったら、おめえたちふたりは、その強ええ奴らのための捨て石だ。捨て石になるつもりでゆけ。その前に、おれの知っていることをもう少し、話しておく……」

そして、十二分後に、力剛山は、呼吸を止めたのである。

モンパルナスの森——

「ならば、完ちゃん、日本に帰らにゃならないね」

マウント斗羽が言った。

「そう言うだろうと思って、呼びに来たんだよ」

猪狩完至は、嬉しそうに笑った。

「もう、膝は完治したからね。これまでのどの時よりも強くなってるよ」

「斗羽さん。だけど、まさか、日本に帰るったって——」

「もちろん、捨て石になるつもりはないさ。完ちゃんだって、そうだろ?」

「もう、あの時のおれたちじゃないからね」

「負けるたびに強くなる。それがおれたちだろう」

「その通りさ。新しい技も、色々考えたからね」

「おれもさ」

マウント斗羽、猪狩完至、ふたりの高い嬉しそうな笑い声が、モンパルナスの森に響いた。

## 6

神心会館《しんしんかいかん》本部道場——

板の間の中央に、愚地独歩が座している。

板の上に、直接胡坐《こざ》をしているのである。

右眼に、黒い眼帯をしている。

その二メートル前に、正座をしているのは、葛城無門であった。

ふたりきりだ。道場生たちは、稽古が終わって、全員が帰宅している。

久しぶりの対面であった。

会いたい——そういう連絡を愚地独歩からもらって、

稽古の終了する時間を見はからって、無門が道場へ顔を出したのである。

会った時に、すぐに無門は、愚地独歩の眼帯に気づき、

「それは……」

思わず訊ねていた。

「以前、話をした、地上最強の生物とやりあって、やられちまったんだよ」

愚地独歩は、短く答えただけだった。

そして、無門は、道場内にまねき入れられ、今、愚地独歩と向きあっているのである。

無門は、愚地独歩の強さに関しては、充分理解している。しかも、会った時にわかったのは、以前よりもその強さがさらに増しているということだ。全身から漂ってくるオーラには、敗北した人間とは思えぬ気配が満ちている。

地上最強の生物——その話を聞きたかったが、無門の耳に入ってきたのは、

「どうだね、一拍子《びょうし》で打つ無寸雷神は完成したかね」

愚地独歩のそういう言葉であった。

「まだですが、色々、おもしろい技は身につけました」

「ほう……」

「餓哭安《がこくあん》、仰月落《ぎょうげつおとし》、虚無双《こむそう》、天刻《てんこく》……」

「おいらもね、一拍子の無寸雷神についちゃあ色々試したんだがね、結局、たどりついたのは、これさ――」

　愚地独歩は、右拳を持ちあげた。

　ころりとした、自然石のような丸みを帯びた拳だった。凶器というよりは、むしろ優しい丸みだ。その優しさが以前より増したように見えた。そして、大きさもひとまわりは大きくなったように見えた。

「あれこれ迷ったあげくに、たどりついたのが、結局これだったんだなあ……」

　ただの拳。しかし、空手そのものでもあるような、愚地独歩そのものでもあるような。

「これでよかったんだねえ、無門くん。手を握って、これで打つ。それだけのことに、やっと気がついた。立ちたまえ、無門くん……」

　愚地独歩は、そう言って立ちあがった。

　無門も立ちあがる。

「後ろを見たまえ」

　無門が後ろを見ると、一メートル四方のガラス板が二枚、それぞれ、台座つきの鋼鉄製と思われる枠の中に入って、板の上に立てられていた。

「これは、ある国の大統領の乗るリムジンの窓ガラスに使われているものだよ。マシンガンの弾も貫くことはできない。同じ場所に、ピンポイントで八発の銃弾をあてて、ようやく貫くことができるものだ。それを、突いてみるかい――」

　試されている――と、無門は思った。

「やります」

　無門は、ガラス板の正面に立った。

　愚地独歩は、嘘をつかない。このガラスは、独歩が口にした通りのものであろう。下手に打てば、自分の拳が壊れるかもしれない。

　しかし、ここで退がるわけにはいかない。

腰を落とし、距離を測り、右拳を右脇の下まで引いた。

呼吸を整える。吸って、吐いて、吸って、吐いて、吸って……

「哈《は》っ!!」

迷わず拳を打ち込んだ。

グワカッ！

音がした。

眼の前が、真っ白になっていた。ガラスの表面全てに細かい罅《ひび》が入ったのだ。そして、無門の拳は、ガラスの向こう側に突き出ていた。

「みごとだ、無門くん。息子——きみの弟の克巳《かつみ》も、たぶんそこまではやれるだろう」

言いながら、愚地独歩は、残った一枚のガラス板の前まで歩いてゆき、軽く腰を落とし、

「吩《フン》！」

いきなり、右拳でガラスを打った。

軽く、どれほど力を入れているようにも見えなかった。

キン……

という、高い音が、短く響いただけだった。

愚地独歩の拳は、ガラス板の向こうに突き抜けて止まっていた。

ガラスは、透明なままだった。

罅《ひび》はどこにも入っていない。ただ、愚地独歩の拳のかたちに穴が開いただけだった。そして、その穴と同じかたちのガラスが、突き抜けた愚地独歩の拳の前面に張りついているだけだった。

無門が帰った後、愚地独歩は、二枚の割れたガラス板の正面で、正座をして呼吸を整えていた。

ようやく、準備ができた。

これで、いつでも、あの地上最強の生物と、また闘うことができる。

結局たどりついたのは、シンプル極まりない空手だった。手を握り、拳にして、それで打つ。無寸雷神も、何も、ややこしいものはもういらない。

これでいい。

そう思った時——

背後に、気配があった。

無門がもどってきたのかと思った。

何か忘れものでもしたのかと、そう問おうとした瞬間に、

無門ではない——すぐにそれがわかった。

かわりに、背に届いてきたのは、火炎のような熱気であった。

誰かが、わざと、気をぶつけてきたのだ。

背が焼けどしそうだった。

これだけの、熱い固形物のような熱気をぶつけてくることのできる人間は——

愚地独歩はこの世に、独りしか知らない。

誰か？

問うまでもない。

そう思った時、背後から、想像していたのとは違う声が響いてきた。

「準備はできたかい……」

本部
神心

初めて耳にする声だった。

しかし、誰でもいい。

答えは決まっていたからだ。

「もちろん」

そう答えて、愚地独歩は、静かに優しく立ちあがり、振り向いた。

## 7

飛ばされていた。

乗っていた自転車の前輪がいきなり停止したのだ。後輪が跳ねあがって、身体が宙《ちゅう》に放りあげられた。その巨体が、五メートルは宙《ちゅう》に浮いていた。時速五〇キロは出ていたはずだ。

深夜――

箱根ニュー・ターンパイク。

小田原の、海抜十メートルあたりから、いっきに標高八〇〇メートルまで、一番重いギアで駆けあがってきたのだ。怪物的パワーだ。左のカーブで、コーナーの際《きわ》によって走り抜けようとした時、それが起こったのだ。

放っておけば、そのまま二十メートルは飛ばされていたろう。しかし、自転車を漕いでいた漢の運動神経はハンパなかった。宙《ちゅう》で身体を一転させ、さらに両手を伸ばし、頭上にあった桜の枝を両手で掴んでいたのである。

「誰だよ」

枝にぶら下がった漢は、落ち着いた声で言った。その唇には、楽しそうな笑みさえ浮いている。

眼下の草の中から、のそりのそりと、長身の人影が這い出てきた。その右手に、さっきまで漢が乗っていた自転車の前輪が握られている。ということは、この人影は、草の中から手を伸ばし、高速回転する自転車の前輪を、スポークに指を折られることもなく掴んで、自転車を止めたことになる。

「まさか、斗羽さんじゃないよね」

漢《おとこ》――花田純一《はなだじゅんいち》は言った。

人影は、両手で、くしゃりくしゃりと自転車を三つ折

りにして、草の中へ放り捨てた。

おそるべき怪力だ。

「あーあ、百万はするやつだぜ……」

「準備はできてるようだな」

低い、低い声が、下から届いてきた。

「今、できちゃったよ」

「おまえが下りてくるかね。それとも、おれがそこまで行こうか」

「へえ、ここまで来れるのかい、あんた」

言い終えないうちに、人影が跳躍した。

「ばーか」

花田は、枝をいったん揺すってタイミングをずらしてから手を放した。下から浮きあがってくる人影の頭部に宙《ちゅう》で右の蹴りを入れた。

人影は、その蹴りにきた花田の右足の踵《かかと》に左手を添えて、上へ持ちあげた。

くるりと、花田の身体が、人影に背を向けるかたちで宙で逆さになった。

花田は両足を抱えられ、両脇に人影の両足が差し込まれた。

「やばっ」

このまま落下すれば、ふたり分の体重を、アスファルトにぶつかった瞬間、頭で支えることになる。

花田は、人影の頭部を両足で挟み、衝突の衝撃を両手で殺し、身体をひねって、人影を投げ飛ばした。ゴッ、と、頭部がアスファルトに浅くぶつかった。

起きあがると、人影も起きあがってきたところだった。

「やるじゃん」

花田は、左手の人差し指で額に滲んだ血をぬぐい、その血を舐めた。

「楽しくなってきちゃったなア、オレ」

花田は、にいいっ、と嗤った。

## 8

闇と同じ色をした漢が、闇の中を歩いている。動いているので、闇と区別はつくが、少し離れた街灯と街灯との中間で、この漢が立ち止まったら、その姿は闇に溶けてしまいそうである。

白いのは、歯と白眼の部分だけだが、唇を閉じれば歯は見えないし、白眼の部分でさえ、黒い燐光《りんこう》の如きものを放っていそうであった。

久我重明——

黒い鉄色の皮膚をした漢である。

この漢の黒い靴が動きを止めたのは、次の街灯が迫ってくる六メートル手前であった。

「誰だか知らんが、待ち伏せは、おれにはきかないよ……」

黒い色をした声が、黒い唇から洩れた。

街灯のすぐ下の明かりのすぐ横——街灯の柱の向こうの闇は、明かりの近くだけにさらに深い。その異界の如き闇の中から、ゆらりと、何者かがこの現世に立ちあらわれてきた。

中肉、中背——

気配は、ほとんどない。

「準備ができたんだってな……」

「準備？」

「猪狩が、エラクで口にした人間の中に、あんたの名前が入ってたんだよ」

「なに⁉」

「今、ここで、やろう」

言った途端に、ゆらりゆらりと揺れながら、人の姿をした陽炎《かげろう》のように、その何者かは、久我重明に近づいてきた。

久我重明は、立ったまま動かない。

すぐに、間合に入った。

ふわり、

と、男の左足が、久我重明の股下から、睾丸に向かって浮きあがってきた。

軽く退がって、久我重明はその攻撃をはずした——そのはずだった。

しかし、男の左足は、まだ久我重明の股の間にあった。

不思議な間合のずらし方をする相手だった。

「ち……」

久我重明は、右の拳で、浮きあがってきた男の左足を上から叩き、睾丸を潰されるのを防いだ。

「くわっ」

「ちいっ」

そうして、ふたりの闘いは始まってしまったのである。

## 9

無門は、夜の街を歩いている。

すでに深夜だ。

愚地独歩と一緒にいるのが楽しくて、道場に、つい長居をしてしまったのだ。

ついさっき見せてもらった、独歩の拳は、衝撃的だった。

無敵の神の拳だと思った。

まさに武神。あの拳には、凶器性があるのみでなく、聖なるものまで宿っている。人の心が持つ、あるいは放つ、あらゆる感情を、独歩はその拳の中に握り込んでいるようであった。人の思いそのもののような拳。

自分の拳はどうか。

歩きながら、無門は、拳を握る。

右の拳だ。

自分の拳は、何を握っているのか。

そう思った時、背後から、声が聞こえてきた。

誰かが、小さな声で、何か唄《うた》っているようである。

唄《うた》？

それは、唄のようであり、経《きょう》を唱える低い僧侶の声のようでもあり……

〽四方《よも》に求めむに
豈《あに》我《わ》が力に比《なら》ぶ者あらむや
〈諸国を捜したが、おれと同じ力を持つ者は、いったいどこにいるであろうか〉

その声が、近づいてくるのである。

〽何《いか》にして力強者《ちからこわきもの》に遇《あ》いて
〈どうにかして、力の強い者と出会い〉

同時に、もうひとつのものも近づいてくる。

それは、圧倒的な力の気配だ。近づいてくる者は、その気配を隠そうとしていない。

虎？

獅子？

象？

いや、この気配には山のような量感がある。

おそろしくでかい獣——に、後を尾行《つ》けられているのである。

〽死生《しにいくこと》を期《い》わずして
頓《ひたぶる》に争力《ちからくらべ》せむ
〈死ぬ、生きるということを考えず、
ただひたすら闘おうではないか〉

深い、重い声だった。

その声の中に、悦びの響きがある。

立ち止まり、無門は、ゆっくりと振り返った。

五メートルほどのところに、山のような肉の塊《かたまり》が立っていた。

身長二メートル。

体重、一五三キロはあるであろうか。

肉の化け物だ。

「タケミカヅチ……」

山の量感を持った漢が言った。

それが、漢の名前らしい。

「葛城無門……」

言った途端に、どん、と肉の内から音をたてるようにして、漢の量感がさらに膨れあがった。

今、何げなく名のりあった——その瞬間に、何かが始まってしまったらしい。何が始まったのか、それを無門は理解していた。

「挨拶じゃ、好きなように打たせてやろう」

漢が言う。

ならば、と、無門は漢に歩み寄り、いきなり、その分厚い胸を、右の掌底で打った。

無寸雷神——

二拍子だ。

漢は、倒れなかった。

「効かぬな」

これまでと同じ調子の声で言った。

今打ち込んだはずの無寸雷神の、力の波動が、この漢の肉の中のどこに消えたのかわからなかった。

「おじさんの番だよ」

無門が口にした瞬間、

「ふオッ！」

漢――タケミカヅチの右足が、無門の腹を襲ってきた。

凄まじい蹴りだった。岩に穴を穿《うが》つことができる蹴りだ。

その足の裏を、無門は、右手の人差し指の先で受けた。

ふわりと無門の身体が浮きあがり、二メートル後方に、無門は羽毛のように降り立った。

「効かないね」

無門は、楽しくなっている。

こんな漢が、この地上にいたのだ。

もしかしたら、この漢が、愚地独歩の言う地上最強の生物なのか。

「挨拶はすんだな……」

漢が、すううっと、息を吸い込む。分厚い胸がさらに膨らんで、周囲の空気が薄くなったような気がした。

「頓《ひたぶる》に争力《ちからくらべ》せむ」

漢が言う。

おもしろい。

とてつもなくおもしろい。

わくわくしてくる。

この地球、この世界こそが、巨大な〝ゆうえんち〟なのだ。

無門には、それがわかっていた。

「遊ぼうよ、おじさん……」

無門は、こみあげてくる悦びで、顔をほのかに赤くしながら言ったのであった。


『ゆうえんち－バキ外伝－』第⑤巻／完（完結）

# あとがき

おもしろくて、楽しい連載だった。

足かけで、四年。

書いたことより、書かなかったことのほうが多いくらいである。

連載後半——つまり今年（これを書いている二〇二一年のこと）のほとんどの時間は病気を背負って書くことになってしまった。リンパ癌を患ってしまい（現在はなんとか寛解）、十本あまりあった連載のほとんどを休んでしまったのだが、この連載だけは続けさせてもらった。それがよかった。この連載がなかったら、この一年はつまらない一年になっていたところだったからだ。『餓狼伝』でできないことをやるのが楽しみだったし、次から次へと出てくるアイデアが山のようにあって、その交通整理がまたおもしろかったのである。

ここから先は、多少のネタバレを含むので本編をお読みになった方だけ、次へと進んでください。

後半、物語をいったん終わらせたあと、さらにその続きも書いている。

物語の終わりは、読む方にとっても書くほうにとっても淋しいものだ。少年誌連載としては、それがいやで、その淋しさをまぎらわし、さらに心臓をバコバコさせるようなシーンを描いてしまったのだ。本来なら物語終了の余韻は、読者の心にまかせるべきものなのだが、反則技として、その心の中にまで踏み込んで、余韻の部分に、これでどうだ、これでどうだとばかりにあらたな物語を大音量でどかんとぶつけてしまったのである。編集から、無理やり連載の終了を告げられて、苦しまぎれにこうなってしまったわけではない。

説明しておけば、タケミカヅチ——というのは、日本神話に出てくる天孫降臨《てんそんこうりん》した神で、出雲の伊耶佐小浜《いざさのおはま》で、国津神であるタケミナカタと闘った神だ。イザナギが、自分の息子であるカグツチの首を十束剣で斬った時、その剣についていた血から生まれた神である。『古事記』では、タケミカヅチが勝っているのだが、それではおもしろくないので、負けたことにしている。

いったい、どういういきさつで、誰に負けたのか？

ここは、わざと曖昧にして、書かずにおいた。もしも、誰かが、この続きを書く場合、その展開の自由度を高くしておくためだ。タケミカヅチは、称号で、歴史上、誰がその名を継いでもよいということにしてもおもしろい。そうすると、現代にもタケミカヅチがいることになる。

で、負けたタケミカヅチか、その子である二代目タケミカヅチがこう言うわけですね。

「いいか。おれは、これから海外へ出て、修行して、今よりもっと強くなって帰ってくる。だから、おまえは、この後、一度だって負けるんじゃないぞ。十年でだめだったら二十年、それでもダメなら、おれの子孫の誰かが、必ずもどってきて、おまえか、おまえの子孫の誰かと闘う。百年、二百年、ことによったらそれは千年、二千年先のことになるかもしれないが、必ずもどってくる。よいか、これは、○○よ、おまえとおれとの約定じゃ。いいか、おれがいつもどってきてもよいように、常に鍛えておけ。その準備をおこたるなよ。もどってきたら、必ず問う。『準備はできているか』とな。わかったか」

「○○」のところへは、好きな名前を入れればよろしい。

　タケミカヅチ、海を渡り、中国大陸に入り、最初の打丸を作ったり、初代海皇となったりしながら、シルクロードを渡って、ついに、ギリシャのオリンピックに出場し、パンクラチオンにも優勝して、世界中に子分を増やしてゆく——ギリシャでは、メドゥーサやヘラクレスと闘うのもありだろう。いくらでもストーリーは転がせるのである。

　ところで、この『ゆうえんち』の漫画化が決まってしまった。描くのは、ずっと挿絵を描いてくれた藤田勇利亜さんである。この漫画化は、たぶん大変な作業になるだろう。

　板垣さんの原作があって、ぼくの原作もあるからだ。板垣さんの読者とぼくの読者がいて、その数が百人いれば百様の感想や考えを持っていると思うが、その全ての人を満足させることは、まず、不可能と言っていい。だから自由に、好きなようにやればいいというのが答えに決まっているのだが、かと言って、こういう原作ものをやる時には、言葉にならない暗黙の何ものかがあって、そこをはずすとエライことになってしまうのも事実である。

　できることなら、藤田さん独自の新しいキャラや、ストーリーを、この中にまぎれ込ませてほしい。

　羽鳥薫（ハットリくん）が、何故〝ゆうえんち〟にやってきたのかは、わざと書かなかった。これをどう、料理するも、しないも、藤田さんの自由である。あのぶっこわれたヘンタイ柳龍光や、妖怪マスター国松を描いた藤田さんなら大丈夫と思っているのである。

　相談された時以外は、ぼくはいっさい口を出さないので、好きなようにやっていただきたい。

　ぼくが『ゆうえんち』を書く時に決めたのは、わずかな例外をのぞいて、本編から借用するキャラは、もう、読者も忘れているようなキャラにすることだった。板垣さんが「このキャラの役割りはもう終わった」と考えているようなキャラを捜して、そのキャラをおもいきり立ててやることだった。実は、こういう作業が楽しいんだよねえ。

　好きなように書かせてくれた、板垣さんと秋田書店、長い時間拘束してしまったにもかかわらず、毎回、良い絵を描いてくれた藤田さんに感謝を。

　ああ、おもしろかった。

二〇二一年十二月十五日

小田原にて――

夢枕獏

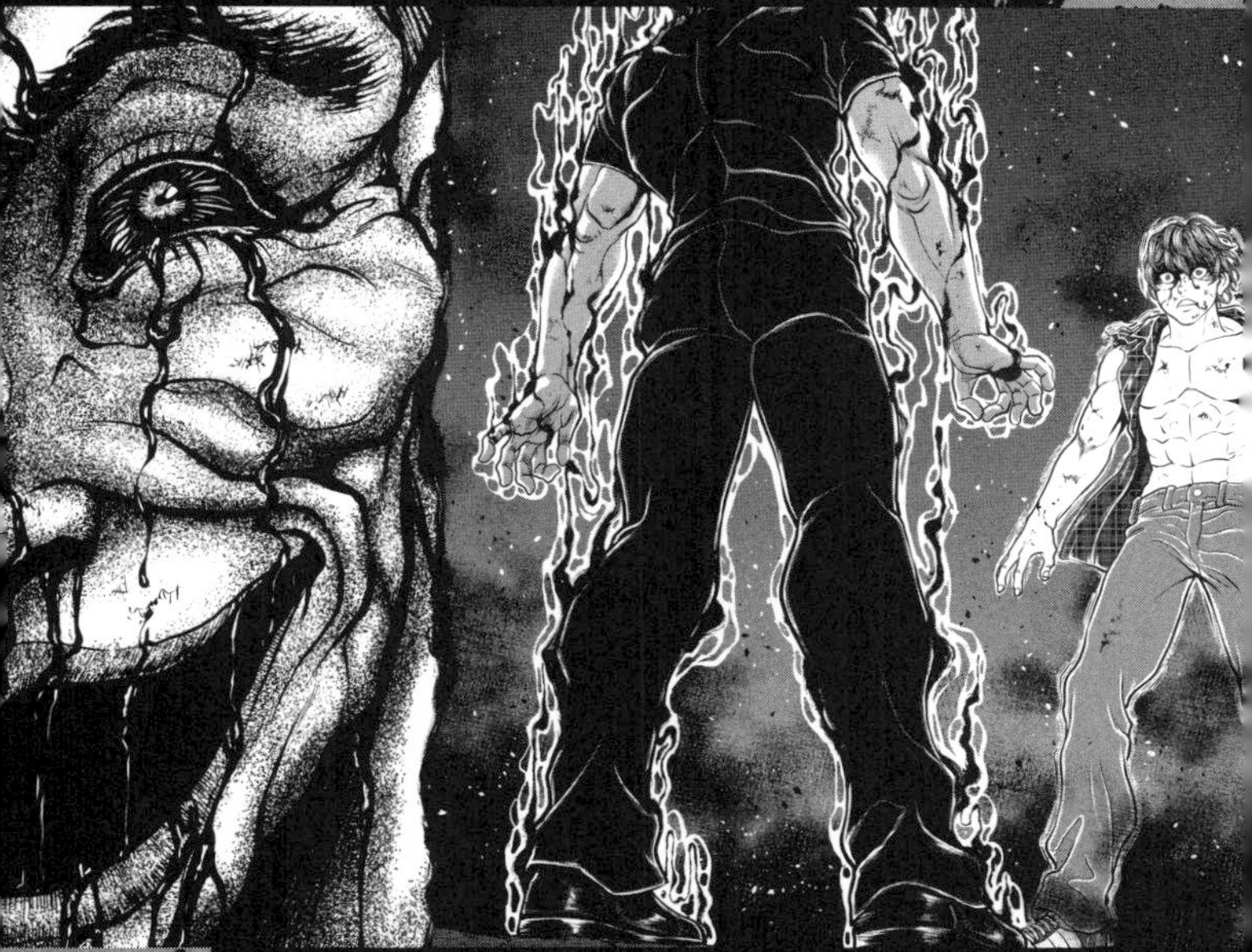

# ゆうえんち

-バキ外《がい》伝《でん》-

［初出《しょしゅつ》］

週刊少年《しゅうかんしょうねん》チャンピオン
2021年《ねん》11号《ごう》～2021年《ねん》48号《ごう》



☆ご意見《いけん》・ご感想《かんそう》待《ま》ってます!!

ファンレターのあて先《さき》

〒102-8107 東京都千代田区飯田橋2-10-8 秋田書店
週刊少年チャンピオン編集部気付　夢枕獏先生まで

SHŌNEN CHAMPION NOVELS

# 小《しょう》説《せつ》 ゆうえんち -バキ外《がい》伝《でん》-
# 5

2022年2月15日 初版発行

[著者]
原案／板《いた》垣《がき》恵《けい》介《すけ》
小説／夢《ゆめ》枕《まくら》獏《ばく》
挿絵／藤《ふじ》田《た》勇《ゆ》利《り》亜《あ》

[発行者] 石井健太朗

[発行所] 株式会社 秋田書店

〒102-8101 東京都千代田区飯田橋2-10-8
編集 03-3265-7361 販売 03-3264-7248
製作 03-3265-7373 振替口座 00130-0-99353

[印刷所] 大日本印刷株式会社



ISBN978-4-253-10945-1